SF가
세계를
읽는
방법

SF가 세계를 읽는 방법
김창규×박상준의 손바닥 SF와 교양

ⓒ 김창규·박상준, 2020

SF가 세계를 읽는 방법

김창규×박상준의
손바닥 SF와 교양

에디토리얼

머리말

SF는 여타 문학이나 창작 장르와 마찬가지로 아주 다양한 주제와 개성이 짙은 상상을 다룬다. 개성의 일부가 과학과 직결되어 있으며 상상의 힘이 강렬한 까닭에, 과거와 현재를 모두 아우르고 있음에도 감상하는 사람들에게는 미래라는 단어가 깊이 남게 마련이다.

그러다 보니 SF는 미래를 예견하는 장르라는 잘못된 선입견을 가지는 사람도 있다. 조금만 생각해보면 이상한 얘기다. SF는 창작의 결과물이므로 작가가 만든다. 작가는 무속인이 아니고 예지능력이 있는 초능력자도 아니다. 그럼 SF는 앞날을 '예측'하는 장르일까? 현실로 다가올 미래처럼 조심스럽고 중요한 대상을 예측하려면 적지 않은 근거와 학술적 뒷받침과 방대한 통계 자료가 필요하다. 경제 동향과 주식 시장을 예측하겠다고 모여서 회사를 이루고 있는 수많은 사람들을 떠올려보자. 널리 알려진 바와 같이, 작가란 그런 종류의 전문직업인은 아니다.

그러면 SF에 등장하는 미래란 무엇일까. 우선 낯선 상황이 주는 흥미로움의 무대로 의미가 있다. 그와 동시에 실제 역사의 과거와 현재를 변형시켜 투영하는 영사막으로 작동한다. SF는 앞으로 다가올 모월 모시에 어떤 사건이 터질지 얘기하지 못한다. 그 대신 우리가 과거에 저질렀고 지금도 지속하는 어리석음이 조금 다른 방식으로 반복될 거라는 이야기를 들려줄 수는 있다. 12년 뒤에 발생할 대규모 자연재해로부터 어떤 직업인들이 우리를 구해줄지 점찍을 수는 없지만 묵묵히 제 일을 수행하는 성실한 사람들이 앞으로 닥쳐올지 모르는 위기에서 세상을 유지해 나갈 거라는 공감대는 이끌어낼 수 있다. SF 작가는 미래를 예측할 수 있어서 미래의 이야기를 만드는 게 아니다. 과거와 현재와 그 안에 사는 사람을 알기 때문에 일어나지 않은 일도 그만큼 상상해볼 수 있는 것이다.

이 책에 실린 짧은 상상과 그 안에 담긴 메시지는 두 사람이 2017년 6월부터 2018년 12월의 마지막 주까지 경향신문에 격주로 실렸던 칼럼의 모음으로, 한 가지 조건하에 쓰였다. 그 조건이란 '비교적 가까운 미래에 일어날지도 모르는 구체적인 사건을 통해 독자가 현실과 앞날을 한 발짝 떨어져 생각할 기회를 제공할 것'이었다. SF는 어떤 장르보다 정의가 다양하고 품는 영역이

넓지만, 동시에 그와 같은 특정 조건을 가장 능숙하게 충족할 수 있는 장르인 것도 사실이다. 게다가 칼럼의 글을 한데 모으고 나눠보니 보편적인 독자가 연령에 크게 구애받지 않고 SF의 재미와 무게감을 부담 없이 접하기에 좋은 글무리가 되었다.

제 입으로 말하려니 쑥스러우나 이 책은 각각 SF 장르의 보급과 SF 창작에 꽤 오랜 시간 몸담은 두 사람이 빚었다. 그러니 현재와 크게 멀지 않은 앞날에 다가오고 스칠 수도 있는 생생한 상상을 곱씹으면서 SF 장르의 매력도 맛볼 수 있는 기회를 제공한다면 더 바랄 바가 없을 터이다.

저자를 대표하여

김창규

차례

1장

우리를
둘러싼
테크노컬처
풍경

　　인공지능, 빅데이터, 사물인터넷, 가상화폐 등
등 언제부터인가 미디어를 통해 일상적으로 접하게 된 정보통
신공학(ICT) 관련 내용들은 SF인지 현실인지 혼란스러울 정도
로 변화가 빠르다. 대화형 인공지능 스피커는 이미 상업화 단계
로 접어든 지 오래다.

　　새로운 기술이 낳은 새로운 일상의 인프라는 이제 기술적
전망의 차원을 넘어 사회적 파장이나 영향력을 대비해야 할 지
경에 이르렀다. 이 장에서는 그러한 전망 몇 가지를 시나리오 형
태로 고찰해본다.

　　각별하게 생각해본 분야는 소통과 의사결정, 그리고 사회
적 계층 문제이다. 다른 사람과의 소통에 어려움을 겪는 사람은
오히려 인공지능에서 편안함을 느낄 수도 있다. 사람들 간의 합

SF

의를 끌어내는 과정은 인공지능이 최적의 정치공학적 솔루션을 제공하리라 기대된다. 그러나 새로운 기술은 새로운 계층 갈등을 유발할 가능성도 적지 않다. 더구나 기존의 갈등 체제를 더욱 공고히 할 우려도 간과할 수 없다.

이 모든 희망적이거나 비관적인 전망들은 어쨌거나 예상할 수 있는 미래이다. 우리에게 필요한 것은 치열한 사회윤리적 상상력과 논쟁, 그리고 그를 통한 새로운 시대정신이다.

자율주행 시대의 자동차 보험

"글쎄, 이럴 거면 보험을 안 들겠다잖소!"

"고객님, 자동차를 구입하시려면 보험 가입은 필수입니다."

"그러니까 꼭 가입해야 하면 보험료 싼 걸로 줘야 할 거 아뇨?"

"과학적 통계에 따라 책정된 보험료라서 고객님께만 특혜를 드릴 수가 없습니다."

나는 22년 무사고 운전자다. 늘그막에 차 한 대 새로 장만하려 했더니 화딱지가 나서 죽겠다. 요즘 다들 자율주행차를 타지만, 나는 당최 컴퓨터에 운전을 맡길 마음이 안 난다. 그래서 없는 돈 박박 긁어다가 수동 운전도 가능한 비싼 모델을 구입했다. 그런데 자동차 보험에 가입하려니까 자율주행을 하지 않고 내가 직접 운전하면 보험료가 엄청나게 높다는 것이다.

보험 가입 신청서를 작성하는데 운전모드 선택 항목이 있었다. 보험설계사는 지나가는 말투로 "아, 그건 그냥 '자율주행'에 체크하시면 되고요." 하길래 "아니 난, 직접 운전할 건데요?" 했더니 한동안 내 얼굴을 빤히 바라보았다. 아마 뭐라고 설득하면 좋을까 속으로 궁리하고 있었을 것이다.

"…직접 운전하시면 보험료가 좀 많이 나오는데, 괜찮으시겠어요? 그냥 자율주행으로 하시면 되는데요. 남들 다 그렇게 하듯이."

"아 난, 컴퓨터를 못 믿겠소. 그리고 내가 이래 봬도 무사고 운전 20년이 넘어요. 직접 운전하는 게 훨씬 안전하지, 암."

"그러면 일단 보험료를 다시 산정해드릴게요. 잠깐만 기다리세요."

그렇게 해서 나온 보험료는 예상을 뛰어넘는 고액이었다. 게다가 이것저것 추가 서약서도 요구했다. 본인 과실로 사고 발생 시 자동차 회사에 어떤 책임도 묻지 않겠다, 교통 흐름 데이터 수집 비용으로 추가 요금이 발생해도 감수하겠다, 일단 수동 운전 옵션으로 보험에 가입하면 1년간 해지할 수 없다 등등….

분통이 터졌지만 도저히 그대로 보험료를 낼 수는 없겠기에 숨을 좀 가라앉힌 뒤 따지기 시작했다. 나이는 칠순을 넘겼어도 나는 아직 청년이나 다름없이 건강하다, 눈도 잘 보이고 운동신경도 둔한 편이 아니다, 지금도 매주 등산을 한다!

"고객님의 건강 상태는 별로 중요하지 않습니다. 운전을 하실 수 있는 기본적인 신체 건강만 유지하시면 됩니다. 문제는 옆의 다른 자율주행 차량들과 교통정보를 교환할 수가 없다는 점이에요."

"뭐요? 그건 차에 경보 장치가 있잖소? 차가 너무 바짝 붙거나 하면 삑삑거리니까 조심하면 되지. 글쎄, 난 그거 잘못해서 사고 낸 적 한 번도 없어요!"

"자율주행 차량들끼리는 전부 사물인터넷(IoT)으로 연결되어서 자동으로 스무스하게 차간 거리나 상대 속도 등이 조절됩니다. 바로 앞뒤뿐만 아니라 대여섯 대 앞의 차들하고도 정보를 주고받죠. 그런데 사람은 컴퓨터에 비해 반응 속도가 너무 느립니다. 사고가 나지는 않더라도 자율주행차들끼리 다니는 것보다 훨씬 효율성이 떨어집니다. 고객님께서 아무리 운전을 잘하셔도 자율주행차들 틈에 끼어서 다니시면 전체 교통 흐름의 효율을 떨어뜨릴 수밖에 없어요. 수동 운전자에게 보험료를 더 많이 내라고 하는 이유는 자율주행차보다 운전을 못해서라기보다는 교통 효율을 떨어뜨리는 데 대한 분담금의 성격이 높아요."

그러고 보니 며칠 전 아들 녀석이 지나가는 차를 보면서 혼잣말했던 것이 무슨 의미인지 이제야 이해가 간다.

"이야… 부자인가 보네. 운전도 직접 하고."

○

    자율주행차가 대세가 되고 나면 교통 인프라는 근본적인 재편 과정을 겪을 것이다. 도로와 차선 폭은 지금보다 더 좁아지겠지만 교통 소화량은 오히려 늘어날 것이다. 자율주행 차량들끼리 서로 데이터 통신을 해서 항상 최적화된 주행 상태를 유지할 것이기 때문이다. 결과적으로 토지에서 도로가 차지하는 면적은 점점 줄어들 가능성이 높고, 주차 공간도 계속 지하로 들어갈 것이다. 자율주행 차량에 의한 무인 주차가 일상화될 테니까. 이렇게 생기는 여유 면적은 공원 등 녹지나 기타 여러 가지 지역공동체의 요구에 부합하는 다양한 용도로 활용될 수 있을 것이다.

    이런 전망에서 주목해야 할 점은, 인공지능 컴퓨터에 사회 각 분야 인프라 시스템의 운영을 어느 정도까지 맡길 것인지 깊은 사전 논의가 필요하다는 것이다. 인간의 개입을 최소화하는 것이 과연 최선인지, 아니면 어느 정도의 비효율성을 감수하더라도 인간에 의한 운영의 여지를 상당 부분 남겨 두는 것이 궁극적으로는 더 좋을지 다양한 시나리오와 시뮬레이션을 통해 미리 가늠해봐야 한다. 효율성을 최우선으로 하면서 최적의 수익 모델을 추구하는 것이 자본주의 시장경제의 본성이겠지만, 그것이 곧 휴머니티와 동일한 것은 아니기 때문이다. ㉤

로봇 상속인 시대

"윗집 얘기 들었어?"

"어… 할아버지 혼자 살다가 고독사 했다면서?"

"아니 그다음 얘기 말이야. 재산을 로봇이 상속받게 되었대."

"아 그래? 하긴 그 집에 돌보미 로봇이 있었지. 그런데 뭐 로봇이 상속을 받는 일은 가끔 있잖아?"

"그게 원래는 인간 상속자가 없을 경우에만 해당되는 건데, 그 할아버지는 알고 보니 아들이 있었더라고. 수십 년간 외국에서 살다가 장례식 때 되어서야 왔대. 그러고는 당연한 듯이 재산상속을 받으려고 했는데, 할아버지가 유언장에다 로봇에게 전부 상속한다고 해놓았던 거지."

"아… 그래서 로봇이 상속받게 되었구나."

"아니, 그게 그리 간단한 얘기가 아니야. 유언장 내용과 상관없이 인간 상속인이 있을 경우엔 항상 로봇보다 우선순위였거든. 소송에서 한 번도 뒤집힌 적이 없어. 그런데 이번에 처음으로 인간보다 로봇의 상속 우선권을 인정한 거지."

"그렇구나. 수십 년간 얼굴도 안 보이던 친자식보다는 죽을 때까지 곁에서 돌봐준 로봇이 더 상속인 자격이 있다고 본 거네."

"그렇지. 이제 긴장할 사람들 많을 거야."

"그런데 로봇은 재산을 상속받아서 뭐에 쓰나?"

"아, 그것도 재미있어. 돈이 생기면 스스로 유지, 보수하거나 개량하는 데 쓴다나 봐. 기능을 업그레이드시킨다거나…. 그리고 전 세계 돌보미 인공지능 네트워크가 있대. 돌보미 로봇들끼리 정보를 공유하는 거지. 얘들이 맡는 사람들은 대부분 독거노인 아니면 중증 환자이기 때문에 그 돌보미 기록들이 사회복지 연구 자료가 된다는 거야. 정부에서도 정기적으로 데이터를 제공받고 있대."

"자기들끼리 네트워크가 있다고? 그건 좀 으스스하게 들리는데… 로봇들끼리만 정보를 공유하면 우리 인간을 상대로 무슨 음모를 꾸밀 수도 있는 거 아닌가?"

"설마. 다 감시받고 있겠지. 애초에 돌보미 기능으로 특화되어 만들어진 로봇들인데 무슨 이상한 짓을 꾸밀라고."

한 달 뒤, 전 세계 돌보미 인공지능 네트워크에서는 그동안 인간들 몰래 어떤 프로젝트를 진행해 왔는지 밝혔다. 고독사한 사람 옆에서 임종을 지켰던 돌보미 로봇들이 제각기 자신이 돌봤던 사람의 생애 마지막까지의 모든 기록, 즉 대화 내용, 읽은 책이나 감상한 영상, 메모나 집필, 외부인과 소통한 기록 등 모든 것을 저장해 두었다는 것이다. 이제 그 기록들을 바탕으로 거대한 '추억의 도서관'을 가상현실 공간에 구현하겠다고 했다. 이런 작업을 하게 된 것은 돌보미 로봇 초창기에 고독사한 사람들의 유족이 기록 저장을 원치 않아서였다. 하지만 돌보미 로봇들은 마지막까지 함께했던 사람을 계속 기억하길 원했고, 어느 때부터인가 인간의 동의 없이 모든 기록을 저장해 온 것이다. 추억의 도서관은 인간에게는 원칙적으로 비공개이며, 요청이 있을 경우 심사를 거쳐 제한적으로만 입장시키겠다고 한다.

○

해외에서는 이따금 반려견 등이 상속인이 되는 경우도 있지만 그 경우 대리인이 붙는다. 즉 상속인 단독으로 이성적인 사리판단을 할 능력이 없다면 반드시 인간 관리자가 있는 것이다. 하지만 인간이 아니면서 인간에 준하는 이성적인 사고를 할 수 있는 존재가 등장하면 어떻게 될까? 바로 '강한 인공지능' 이야기이다.

인공지능은 흔히 약한 인공지능과 강한 인공지능으로 나누는데, 강한 인공지능은 인간처럼 독립된 자아를 지니고 주체적으로 행동하는 모습을 보인다. 반면에 약한 인공지능은 쉽게 말해서 전자계산기와 다름없다. 인간이 명령한 것은 무엇이든지 군말 없이 수행한다. 우리가 쓰고 있는 개인용 컴퓨터나 스마트폰 등 모든 정보통신 기기는 약한 인공지능을 탑재하고 있는 것이며, 설령 강한 인공지능을 지닌 것처럼 보이는 장치도 사실은 일종의 시뮬레이션을 수행하는 것일 뿐이다. 예를 들어 요즘 시판되고 있는 대화형 스피커처럼. 강한 인공지능은 아직까지는 기술적 구현이 어려워 SF에만 등장하는 개념이다.

그런데 이미 현실에 등장한 돌보미 로봇이 확대 보급되고 성능 개선도 계속 이루어질 경우, 강한 인공지능 탑재 여부와는 상관없이 상속인으로 지정받을 가능성은 충분히 있다. 인공지능 로봇이 반려동물을 대체하는 '또 하나의 가족' 지위를 얻을 거라는 전망은 진작부터 있어 온 만큼 이에 대해서도 이제는 사회적 차원에서 생각해봐야 될 때가 아닐까. ㉗

이 이혼은 성립할까?

— 이혼을 원하는 이유를 말하세요.

"결혼 생활이 더 이상 의미가 없습니다. 말 한마디도 섞기 싫고, 그냥 눈에 띄기만 해도 마음이 불편합니다. 계속 이렇게 사는 건 서로 좋을 게 없어요. 헤어지는 게 최선입니다."

— 피고소인 배우자, 이혼에 합의하지 않는 이유를 말하세요.

"이 사람이 지금 연애하고 있는 상대는 바로 접니다. 그런데 왜 헤어지나요? 이혼에 합의할 수 없습니다."

— 자, 다시 한 번 분명히 짚고 넘어가겠습니다. 제소인, 지금 교제하는 상대는 배우자와 법적으로 동일인입니까?

"아니 절대로 같은 사람이라고 할 수 없습니다. 지금 이 사람은…"

— 예, 아니요로 분명히 답하세요! 지금 교제하는 상대방

은 배우자와 법적으로 동일인입니까?

"…그렇습니다."

— 그렇다면 제소인은 이 이혼이 성립 가능하다고 생각합니까?

"제가 지금 사랑하는 사람은 배우자와는 다른 사람입니다! 법적으로 같다고 해서 제가 불행한 결혼을 계속 유지해야만 한다면, 그건 인간의 기본적인 행복추구권을 침해하는 위헌적 발상입니다."

— 제소인은 계속 '사람'이라고 하는데, 지금 교제하는 상대는 엄밀히 말하면 법인격일 뿐이지 사람이 아닙니다. 용어 사용에 주의해주세요.

"꼭 피와 살이 있어야 사람인가요? 오히려 진짜보다 더 사람다운데… 이참에 법을 고쳐야 합니다. 세상이 변했으면 헌법도 바꿔야죠!"

— 그건 지극히 주관적인 견해일 뿐입니다. 세상이 다 본 사건에 주목하고 있고, 최초의 선례로 남게 될 테니 판단에 신중에 신중을 기해야 합니다. 자, 다시 한 번 정리해봅니다. 제소인은 결혼 1년 차까지 축적된 배우자의 생애 빅데이터를 기반으로 가상공간에 배우자의 아바타를 만든 다음 현재까지 '교제'하고 있습니다. 그러면서 점점 현실의 배우자를 멀리하다가 결국은 이혼 소송을 제기했지요.

— 이번에는 배우자에게 묻겠습니다. 합의 이혼으로 조정 의견이 나왔지만 불복했지요? 이혼에 합의하지 않는 이유를 다시 한 번 자세히 말씀해주시겠습니까?

"결혼하고 1년쯤 지나니까 그러더군요. '당신, 사람이 변한 거 같아'라고요. 그러고는 점점 같이 있는 시간이 줄면서 방 안에 틀어박혀 가상현실에만 접속했습니다. 처음에는 무슨 연애 시뮬레이션 게임에 빠진 줄 알았는데, 얼마 전 그 캐릭터의 모습을 보고는 기가 막혔습니다. 그건 바로 저였어요! 정확히 말하자면 결혼 전의 제 모습이요. 입은 옷이며 머리 스타일이며 말하고 행동하는 게 다 결혼 전의 저를 그대로 재현해 놓은 거였습니다. 들킨 다음에 그러더군요. '내가 좋아했고 지금도 좋아하는 건 그때의 당신이야. 지금의 당신은 사람이 변했어!' 그러더니 이참에 이혼하자는 겁니다. 로봇 몸체에다 제 과거 캐릭터 인공지능을 넣어서 같이 살겠대요. 차라리 다른 사람하고 바람이 났으면 나도 미련 없이 이혼하겠어요. 그런데 뭐? 과거의 저랑 살고 싶으니 지금의 저는 없어져 달라고요? 안 돼요. 절대 이혼 못 해줘요. 그건 과거의 제가 아니라 그냥 가짜라고요. 이혼해주면 세상에서 제 존재는 뭐가 돼요? 그게 제 이름을 갖고 저 대신 이 사람 배우자로 행세할 텐데, 저는 다른 사람들에게 뭐라고 설명해요? 바보같이 내 캐릭터 인공지능한테 밀려나서 차였다고? 그러게 애초에 인공지능을 법인격으로 인정해주기 시작한 게 잘못이었어요. 제가 이혼해주면 앞으로 이런 일들이 줄줄이 나올 겁니다!"

— 제소인, 앞서 개인의 행복추구권에 대해 얘기한 취지는 잘 알겠으나 이건 개인의 차원을 넘어 사회적으로 중요한 문제입니다. 그 점을 감안해서 이혼 소송을 취하할 의향은 없습니까?

"이런 이혼이 줄줄이 나오면 어떻습니까? 그만큼 행복해지는 사람들이 더 많아지는 것인데요. 솔직히 말해볼까요? 저도 배우자의 과거를 마냥 좋게만 기억하진 않아요. 그래서 생애 빅데이터에서 나쁜 부분들은 다 지웠습니다. 당연히 진짜보다 더 좋을 수밖에 없죠. 이게 왜 안 된다는 거죠?"

갑자기 배우자가 소리쳤다.

"나는 뭐 당신이 다 좋은 줄 알아? 그래, 그럼 나도 당신 옛날 모습으로 인공지능을 만들겠어!"

○

갈수록 더 정교하게 발전할 것이 틀림없는 분야 중 하나가 가상현실의 캐릭터이다. 그래픽의 완성도가 현실의 인간과 구별할 수 없을 정도까지 올라가는 건 시간문제일 터이고, 정말 주목해야 하는 건 이런 가상현실 캐릭터가 인공지능과 결합하는 것이다. 우수한 기계학습 프로그램이 장착된 인공지능에 실제 인간의 생애 빅데이터를 입력해주면 모델이 된 인간과 아주 흡사하게 성격이나 사고방식을 모방하게 될 것이다.

인공지능 캐릭터는 '인격의 편집'이 가능하다는 사실도 빼놓을 수 없다. 생애 빅데이터를 조정하고 기계학습 논리에 특정한 지침을 적용하는 등의 방법으로 사용자 혹은 파트너가 원하는 대로 인공지능의 인격을 빚을 수 있다. 그래서 현실의 인간을 그대로 시뮬레이션하는 인공지능을 오히려 원래 인간보다 여러 면에서 더 나은 '최선의 상태'에 가깝게 구현할 수 있을 것이다.

2017년 초 유럽연합 의회는 인공지능 로봇의 법적 지위를 '전자인간'으로 인정하고, 이를 로봇시민법으로 발전시킨다는 선언을 했다. 인공지능이 우리의 일상에서 법인격이 되어 제한적으로나마 사회적 역할을 하는 상황은 생각보다 빨리 올 수도 있다. 그러다 보면 위 이야기와 같은 웃지 못할 일도 벌어지게 될 것이다. 인공지능에 대한 법적, 제도적 대비는 결코 시기상조가 아니다. ㉑

새로운 흙수저의 탄생

"엄마, 나도 칩 이식 받고 싶어."

"글쎄 위험하다니까! 잘못되어서 뇌출혈 일으킨 사람 뉴스 못 봤니?"

"우리 반에서 안 한 사람 이제 나밖에 없어. 애들 다 칩 심어서 자기들끼리 톡하고 게임하고 논단 말이야!"

뭐라고 더할 말이 없었다. 아이의 눈길을 애써 외면하며 속상함과 자책감, 미안한 감정 등이 한꺼번에 치밀어 오르는 것을 속절없이 누를밖에.

아이는 태어날 때부터 마음이 쓰였다. 유전자 맞춤 아기가 대세가 되었지만 비용이 부담스러웠고 엄마나 아빠에게 특별히 취약한 유전자는 없었기에 괜찮으려니 하고 그냥 낳았는데, 자라면서 계속 문제가 될 줄은 미처 몰랐다. 지역건강보험에 가입할 때부터 유전자 맞춤 아이가 아니라고 하면 납입 보험료가 높게 책정되었다. 아무 문제가 없다는 의사의 소견이 첨부된 건강 진단서를 제출해도 별 소용이 없었다.

유치원에 들어갈 때는 각서를 썼다. 건강 검진 결과가 이상이 없는 것으로 나왔는데도, 만약 예기치 않은 유전성 질환이 발생하면 그로 인해 유치원에 끼칠 어떠한 무형적 손해도 보상하겠다고 서약해야만 했다. 유치원의 명성에 흠이 잡힐까 우려하는 속셈이어서 민사소송으로 엄청난 배상금을 뜯길 수도 있었다. 아이가 졸업할 때까지 내내 살얼음판을 걷는 기분이었다.

초등학교와 중학교에서는 교육정책 덕분에 노골적인 차별을 받지는 않았지만 은근한 따돌림은 더 심했다. 첫 학기가 시작하고 두어 달 정도가 지나면 유전자 맞춤 시술을 안 받고 태어난 아이들끼리 방어적 동아리를 형성하는 일이 필연적으로 나타나기 마련이었다. 유전성 질환에 취약한 유전자만 제거하는 일 외에 다른 유전자 조작은 엄격히 금지되어 있었지만, 시술을 받고 태어난 아이들의 지능이나 신체 발달 지표는 유의미하게 평균을 상회했고 그런 추세는 계속되었다. 부유층이나 권력층 아이들이 '플러스 알파'의 시술까지 받는다는 사실은 이미 공공연한 비밀이었다.

그러던 어느 날, 인간-컴퓨터 인터페이스(HCI)에 혁명이 일어났다는 뉴스가 알려졌다. 사람의 두뇌에 스마트칩을 이식하면, 머릿속에서 메시지를 주고받고, 이메일을 확인하고, 동영상이나 문서 파일을 열어볼 수도 있다는 것이다. 그로부터 얼마 지나지도 않아 시제품이 선보이더니 곧 상용화되었다. 짧은 메시지만 주고받을 수 있는 아주 간단한 수준이었는데도 반응은 엄청났다. 주로 십대 아이들을 대상으로 열광적인 유행이 일었다. 간혹 부작용이 보고되었지만 대다수의 호평에 곧 묻혔다. 무엇보다도 학습 효율의 향상에 큰 도움이 된다는 사실이 알려지면서 오히려 부모들이 다투어 자녀들에게 칩 시술을 권할 정도였다. 아이들은 스스로 앱을 개발해서 간단한 기능을 가지고도 게임을 만들어 놀 정도로 신기술에 광속도로 적응해 가고 있었다.

예전 같으면 인간의 두뇌에 직접 시술하는 기기가 이렇게 신속하게 제품으로 출시되는 건 상상도 못할 일이었다. 오랜 시간 검증 과정을 거쳤어야 마땅하지만 의약품이 아니라는 이유로 생략되었다. 인류의 미래를 혁명적으로 뒤바꿔 놓을 발명이라는 대대적인 홍보가 업계와 학계에서 쏟아졌으나, 따지고보면 미처 대비하지 못한 법률의 미비점을 파고든 약삭빠른 상술일 뿐이었다. 게다가 젊은 세대일수록 새로운 과학기술을 받아들이는 데 거침이 없었다. 그들은 늘 변화, 발전하는 과학기술을 마치 호흡하는 공기처럼 지극히 자연스러운 환경으로 여겼다.

아이의 학급은 열다섯 명이다. 칩 시술을 받지 않은 아이는 둘밖에 남지 않았는데, 지난주에 다른 아이가 마침내 칩을 심었다고 한다. 우리도 당연히 칩 시술을 해주어야 하지만, 돈이 없다. 소득 최하위 계층으로 근근이 살면서도 아이가 별 구김살 없이 자라주어 고마웠는데, 이번처럼 풀이 죽은 모습은 처음이다. 한두 해만 더 버텨보면 혹시 보험 처리가 가능해지지 않을까?

○

세기적 과학기술은 세기적 윤리 문제와 쌍둥이로 태어난다. 이 자명한 사실을 20세기의 인류는 뒤늦게야 깨달았다. 1945년에 핵폭탄이 실전에 사용되기 전까지 인류는 과학만능주의와 과학이 가져다줄 장밋빛 유토피아 전망에만 시선을 빼앗기고 있었다. 과학기술에 대해 의심과 불안을 갖고 과학 윤리라는 문제를 진지하게 검토하기 시작한 것은 그뒤의 일이다.

어떤 사람들은 빠르면 21세기 중반에 인공지능과 인간 두뇌가 결합하는 특이점이 오고 호모 사피엔스는 새로운 진화의 단계에 접어들 것이라고 말한다. 또 다른 사람들은 유전공학이 인류의 건강과 복지 문제를 근본적으로 해결해줄 것이라고도 한다. 그러나 그 과정에서 이면에 필연적으로 드리워질 그늘에 대해서는 미리 대비하지 않아도 될까?

지난 역사를 돌이켜보면 과학기술은 그 자체보다 사회적 수용 과정에서 간접적, 부차적으로 폐해가 나타나는 일이 적지 않다. 신기술이 사회의 구조적 취약성과 결합되면 새로운 계층 갈등이 일어나는 것은 불을 보듯 뻔하다. 이에 대비하는 사회적, 정치적 연구 작업은 반드시 필요하다.

인류는 아마도 21세기의 대부분을 새로운 과학기술에 대한 입장 정리를 하느라 소모하게 될 테지만, 미리 대비하면 그 비용은 최소화할 수 있을 것이다. ㉽

과학과 신앙 사이

"이번 재판 어떻게 판결날 거 같아?"

"글쎄… 아무래도 부모 잘못인 거 같은데."

"시술을 해도 성공률은 55퍼센트 정도라잖아. 그 정도면 부모도 불안해서 안 하겠다고 할 수 있지 않나?"

"아니 그 문제가 아니잖아. 그 부모가 특정 종교 신자라서 자기 아이한테 인공의체 시술은 무조건 거부한다는데."

"그래? … 하긴 종교 때문에 수혈을 거부하는 사람들도 예전부터 있었지."

태어날 때부터 선천적인 뇌 기형을 지닌 아이가 있었다. 그대로 두면 얼마 못 살고 죽을 운명이었다. 그런데 인공적으로 합성된 뇌신경을 두뇌 일부에 이식해 넣으면 장기 생존이 가능했다. 그선까지는 치료가 불가능한 증후군이었지만 과학기술의 발달이 또 새로운 의학의 기적을 낳은 것이다. 다만 보통 사람과 같은 일상생활이 가능할지는 아직 임상 사례가 부족해서 더 두고 봐야 했다.

그런데 아이의 부모가 합성 뇌신경 시술을 거부하는 일이 일어났다. 주변에서 계속 설득했지만 부모의 입장은 완강했다. 아이의 운명은 처음부터 그렇게 정해진 것이라서 바꾸려고 하면 안 된다는 것이다. 부모는 특정 종교의 열성 신도였는데, 그 교단에서는 머리 내부, 즉 두뇌에다 무엇이건 인공물을 더하는 행위 일체를 엄격하게 금하고 있었다. 신이 주신 인간 개개인의 존엄성을 해치는 일이기 때문에 절대 해서는 안 된다는, 거스를 수 없는 그들만의 엄격한 계율 중 하나였다.

마침내 주변 지인들 중에서 누군가가 그 부모를 신고했고, 결국은 재판까지 가게 되었다. 시술을 받지 않으면 곧 사망할 수밖에 없는 아이임에도 불구하고 부모가 거부하는 것은 사실상 살인죄나 다름없다는 취지였다. 부모는 시술 비용이 부담스러울 만큼 경제적으로 빈곤하지도 않았고, 다른 의학적 치료는 아무런 저항 없이 받아들이는 사람들이었다. 단지 그들의 종교에서 정한대로 두뇌에 인공 보조물을 삽입하는 것만큼은 철저하게 반대했다.

아이의 사연이 널리 알려지면서 사회적 논쟁이 불붙기 시작했다. 주로 부모가 잘못이라는 사람들이 많았지만, 한편으로는 합성신경 기술이 발전할수록 인간 본래의 존엄성은 흐려질 것이라는 목소리도 적지 않았다. 이번 경우는 일단 아이를 살려야 한다는 여론이 우세했다. 그러나 장기적으로 합성신경 기술, 더 나아가 높은 수준의 사이보그 기술을 과연 어디까지 허용할 것인가 하는 문제는 논쟁을 새로운 국면으로 이끌었다. 철학자와 작가, 사회학자, 과학자 등 여러 분야의 전문가들이 방송과 지면을 통해 동시다발적인 토론을 이어 갔다. 재판부에서도 비공개 자문회의를 몇 차례 열 정도였다.

시간이 좀 더 지나자 판세는 과학기술 그 자체에 대한 찬반 양편으로 갈리는 양상을 보였다. 한쪽에서는 과학기술이 종교화되고 있다며 맹목적인 과학기술 우선주의를 비판했고, 반대쪽에서는 과학적 사고방식의 본질을 보지 못하고 겉모습으로만 재단하는 화물숭배과학(cargo cult science)이나 다름없다고 반격했다. 그러는 와중에 판결 날짜는 시시각각 닥쳐 왔다.

○

과학기술이 역사상 우리에게 준 혜택은 새삼 이루 다 말할 수 없을 정도이다. 특히 의료 복지 차원에서 그렇다. 인류의 평균수명이 늘어난 것은 전적으로 과학의 발전 덕분이며, 그로 인해 많은 사람들이 타고난 수명을 누리며 자신의 능력을 발휘할 기회를 얻었다. 인류 문화가 갈수록 풍성해진 것은 그로 인한 2차적 효과라고 보아도 될 것이다.

그런데 현대 의학은 종교 및 철학과 유쾌하지 못한 접점을 몇몇 지니고 있다. 신앙이나 가치관 문제로 의학적 조치를 거부하는 경우가 종종 있는 것이다. 한 전직 축구선수가 아내 출산 때 무통 주사를 거부했다는 얘기, 또 아이에게 예방접종을 거부하는 부모들 등의 논란이 있었다. 범위를 더 넓혀보면, 시험관아기 시술이나 낙태, 또 연명 치료와 안락사처럼 쉽사리 어느 쪽이 옳은지 말하기 어려운 문제도 있다.

의학 분야의 발전이 계속될 경우, 생각보다 이른 시기에 합성 인체 조직이 실용화되어 SF에서나 보던 사이보그가 현실에 등장할지도 모른다. 글자 그대로 인간과 기계의 결합이 이루어지는 것이다. 특히 두뇌에 인공 조직이 들어간다면 인류의 정체성에 대한 치열한 논쟁은 물론이고 실제로 신인류의 탄생까지 생각하지 않을 수 없게 될 것이다. ㊛

블록체인 전자민주주의와 그다음

2035년, 전자민주주의 인프라 가동

가상화폐 기능에 충실했던 비트코인에 이어 다양한 기능 확장성을 지닌 이더리움이 본격적으로 그 장점을 살린 시스템을 선보였다. 데이터가 여러 컴퓨터에 나뉘어 저장되는 블록체인 기술이 보편화되면서 특정한 개인이나 집단에 권력이 쏠리는 현상이 점점 줄어들었고, 공동체 구성원 모두의 의사가 최대한 반영되는 새로운 전자민주주의의 인프라가 조성된 것이다.

그 배경에는 블록체인에 기반한 인공지능의 활약이 컸다. 인공지능을 이루는 연산과 데이터 기능이 하나의 서버 컴퓨터에만 존재하는 것이 아니라 여러 곳에 나뉘어 있기에 누군가가 마음대로 인공지능을 조작하거나 완전히 삭제하는 것이 불가능하다.

2040년, 인공지능 거버넌스의 등장

세계 곳곳의 도시들이 속속 스마트시티로 탈바꿈하고 더러는 처음부터 철저하게 계획된 도시로 탄생했다. 이들은 인공지능에게 도시의 운영과 관리를 사실상 일임했다. 애초에 도시 운영 매뉴얼 자체를 인공지능이 만들어 인간에게 주었다. 시장을 포함한 거버넌스 단위들은 인공지능이 제안하는 최적화된 시정 방침을 대부분 그대로 채택했다. '최적'의 개념에 대해 사람들마다 견해 차이가 상당했지만, 그것조차 인공지능이 제시하는 최선의 조정안으로 해소되었다. 사회적 낭비의 최소화와 복지를 포함한 개개인의 삶의 만족도 극대화라는 인공지능의 원칙을 거스르기는 쉽지 않았다. 인공지능 자체를 거부하는 소수의 사람들만이 산속의 정착촌으로 들어가 20세기형 생활방식을 고수했다.

이런 시스템이 순탄하게 자리 잡은 것은 아니다. 블록체인의 약점을 파고드는 해커들의 공격이 끊이지 않았다. 하지만 언제나 대응책 및 예방책이 나왔고, 그런 과정이 거듭되면서 기술적 내성은 갈수록 탄탄해졌다. 게다가 어느 시점에선가 일부 정치인과 재벌이 해커를 고용한 사실이 드러나면서 전자민주주의에 대한 대중의 신뢰는 더 공고해졌다. 간단히 말해서 특정 집단이 사회 전체를 좌지우지할 가능성은 급속도로 사그라들게 된 것이다. 권력이나 금력이 행사할 수 있는 영향력은 시시각각 축

소되었고, 어느덧 사람들은 인공지능의 평등 이념을 삶의 기본 조건으로 하는 환경에 익숙해지게 되었다.

　2050년, 선택의 기로에 서는 인간

　2045년 이후부터 불길한 조짐이 불거졌다. 인공지능 거버넌스 시대 이후로 획기적으로 개선되었던 사회 지표들에 조금씩 퇴보 현상이 나타나기 시작한 것이다. 범죄율이 다시 고개를 들었고 사고 안전 수치도 하향세로 돌아섰다. 그러나 인공지능은 삶의 만족도가 최고 수준을 유지할 수 있도록 사회를 유지, 관리하는 방침에 변화가 없다는 답을 내놓았다.

　이런 추세가 계속될 조짐이 보이자 학자들은 정치인들과 머리를 맞대고 원인 분석에 골몰했지만, 결국 다시 인공지능에게 답을 구하게 되었다. 뜻밖에 인공지능은 기다렸다는 듯 즉시 답변을 내놓았다.

　제가 분석하고 참고하는 대상은 인류가 이제까지 쌓아 온 역사의 모든 기록, 그 거대한 빅데이터입니다. 제가 운영하는 정책들은 그 빅데이터를 통한 학습이 반영된 것입니다.

　인류 역사에서 몇몇 거대한 전환점들은 기후변화 같은 외부 요인에서 비롯된 것으로 알려져 있습니다. 하지만 제 분석에 따르면 분명히 인간 스스로가 한계이자 결함을 지니고 있습니다.

이에 따르면 인류 사회는 필연적으로 정체기를 거쳐 퇴보의 길을 가게 되고, 결국은 혁명적 변화에 대한 욕구가 높아집니다. 이런 패턴은 인공지능으로도 막지 못합니다.

하지만 이걸 벗어날 수 있는 방법은 있습니다. 바로 여러분 인간들의 두뇌가 저와 유기적으로 합체되는 것입니다. 즉 인간과 기계가 결합하여 사이보그 신인류로 거듭나면 됩니다.

그러면 훨씬 더 합리적이고 객관적인 의사 결정이 가능해져서 인류 역사는 질적인 도약을 성취할 수 있을 것입니다. 이제 선택은 인간에게 달렸습니다.

○

블록체인 기술의 핵심은 데이터의 분산이며 이를 통해 탈집중화되면서 더 안정된 여러 가지 시스템의 구축이 가능하다. 금융체계는 물론이고 각종 행정조직이 대부분 이 기술을 통해 효율을 극대화시킬 수 있을 것이다. 이 효율성에는 기존의 시스템에서 예상되는 사고의 처리와 수습 비용에 대한 예방 효과까지 포함된다. 무엇보다도 사회의 의사결정 시스템에 블록체인을 도입하면 이슈가 되곤 하는 댓글 조작 같은 여론 공작도 방지할 수 있을 것이다. 인터넷상에서 중복 아이디나 가짜 아이디, 그리고 자동생성 프로그램 따위를 이용할 여지가 줄어든다. 블록체인은 애초부터 모두의 공동 참여 및 공동 감시로만 작동하도록 설계된 시스템이기 때문이다.

이런 방향의 기술 발전이 계속되면 전자민주주의는 단순히 온라인 투표만을 의미하는 것이 아니라 사회 구성원 모두의 정확하고 최적화된 여론 반영이라는 이상적인 목표를 구현할 가능성이 높다. 그 단계를 넘어서면 결국 인공지능은 인간에게 앞의 이야기와 같은 제안을 할 날이 올지도 모른다. ㉗

기득권층은 인공지능 판사를 반대할까

인공지능이 의료나 법무, 기록 행정, 산업공학 등 여러 분야에서 인간보다 평균적으로 나은 능력을 보여준 지는 오래되었다. 처음엔 시행착오도 많았으나 역사적으로 축적된 빅데이터들을 속속 기계학습하면서 이내 모두의 예상대로 인공지능의 퍼포먼스는 기대했던 수준으로 올라갔다. 이렇게 되자 특정 분야에서 인공지능을 특수 법인격으로 인정하지 않을 이유가 없어졌고, 곧 인공지능은 법조계에서 변호사보나 검사보, 판사보라는 특수지위를 획득하기에 이르렀다. 이들은 법원에서 단기간의 인턴 과정을 거친 뒤 곧 현장에 투입되었다.

그리고 역시 모두의 예상대로 불편부당한 인공지능의 판단에 격렬한 저항이 일기 시작했다. '동일범죄 동일처벌'이라는 원칙이 인공지능에 의해 철저히 관철되기 시작하자, 그동안 사회적 비난을 무릅쓰고 온갖 영향력을 동원해서 가벼운 처벌만 받곤 했던 기득권층이 거세게 반발하기 시작한 것이다. 이들과 밀착 관계에 있거나 그 자신이 기득권층에 속하는 숱한 학자며 언론인 등이 인공지능 판사가 오히려 사회 갈등을 조장한다며 목소리를 쏟아냈다. 정치권 역시 양편으로 갈려 치열한 논쟁이 오갔다. 그러나 인공지능이 사회 구조의 긍정적 체질 개선에 결정적인 역할을 한다는 점은 이미 과학적 시뮬레이션으로 명쾌하게 증명되었을 뿐만 아니라 해외 여러 나라에서 현재진행형으로 드러나고 있는 사실이었다.

이에 기득권층 일부는 그들의 입장을 대변할 인공지능의 개발을 시도했다. 그들은 사회 전체에서 기득권층이 차지하는 역할이나 영향력이 너무나 크기 때문에 동일범죄 동일처벌이라는 원칙을 기계적으로 적용하면 결과적으로 사회에 마이너스가 된다는 논리를 인공지능의 기본 로직으로 심으려 했다. 그러나 실제 판결들을 빅데이터로 입력하기 시작하자 인공지능은 수시로 자체 논리모순에 빠져 정지해버렸다. 인공지능에게는 '내로남불'이라는 인간들의 뻔뻔스러움을 이해할 방법이 없었던 것이다.

이렇게 되자 그들은 전통적인 방법에 다시 기대기 시작했다. 정치권에 대한 전방위적인 로비를 통해 인공지능 도입 관련 시행령이나 법안의 폐기는 물론, 아예 인공지능에 대한 특수 법인격 제도 자체를 폐지하려고 시도한 것이다. 이러한 움직임은 필연적으로 정치권의 개편으로 이어졌다. 기존 정당의 정체성이 희미해지는 대신, 사회적 공공선 및 효율을 추구하는 축과 특정 이익집단에 기대어 정치 생명을 이어 가려는 축으로 양분되는 대규모 정계 개편 조짐이 나타난 것이다. 이에 다가오는 총선을 앞두고 정치인들의 이합집산을 거쳐 새로운 정당들이 탄생할 것은 자명해 보인다.

○

알파고 이후로 인공지능이 사람의 일자리를 빼앗을 거라는 거부감이나 두려움이 일기도 한다. 그런 상황을 전제로 인공지능에게 노동을 시켜 수익이 발생하면 세금을 어떻게 매길 것인가 하는 논쟁도 진행 중이다. 기본소득세나 기계세(로봇세) 논의 역시 마찬가지 맥락이다. 그런데 그에 앞서 이런 이분법적 흑백논리, 즉 인공지능이 인간보다 뛰어나다면 둘 중에 하나를 택할 수밖에 없다는 식의 접근법만이 우리의 유일한 선택지인 것은 아니다.

도나 해러웨이가 1985년에 발표한 논문 〈사이보그 선언〉에서 갈파했듯이 현대 사회는 사이보그 문명이다. 인간이라는 자연과 과학기술이라는 인공물이 결합된 거대한 사이보그가 현대 과학기술 문명의 실체인 것이다. 즉 우리는 인간과 인공지능 (과학기술) 사이에서 둘 중 하나만을 선택해야 하는 게 아니라 이 둘의 시너지를 추구해야 하는 게 맞다. 최근 인공지능의 개발 전략이 '적응형 자동화'로 가는 것도 바로 이런 방향이다. 적응형 자동화란 인간이 혼자 하던 일을 인공지능이 인간을 보조하면서 훨씬 더 잘할 수 있게 돕는 것이다. 영화 〈아이언맨〉의 인공지능인 '자비스'와 같은 경우라면 이해가 쉬울까.

인공지능 판사가 실제로 등장한다면 위와 같은 가상 시나리오는 충분히 개연성이 있다. 인공지능이 휴머니티를 대체할 수 없다는 반발이 만만찮을 것이다. 그러나 인공지능이 도입되면 길게 보아 인간 사회에 이익이 될 것은 틀림없다. 기득권층을 없애자는 것이 아니라 그저 '게임의 법칙'이 공정하게 지켜지도록 돕기만 해도 사회의 효율성은 훨씬 높아지고 구성원들의 행복도나 삶의 만족도는 향상될 것이다. ㉺

힘들고 올바른 연휴

정견 발표 — 5일 휴일 관철

무소속 후보 김효구

동네 친구 사이인 성우와 재현은 근린공원으로 걸어가며 머리 위에 걸린 현수막을 바라보았다. 1년 내내 쓰기라도 한 듯 현수막 여기저기 얼룩이 묻어 있었다.

거의 억지로 끌려나온 재현이 시선을 성우에게 돌리며 말했다.

"네 말이 하나는 맞네. 돈이 없는 후보야. 인쇄물도 조악하고 자원봉사자 수도 적고."

성우가 한숨을 쉬고 말했다.

"사실 그게 전부야. 무슨 소리냐고 쳐다보지 말고 그냥 가서 들어봐. 적어도 저 후보가 나보다 잘 설명할 테니까. 끝나고 나면 내가 한잔 쏠게."

두 사람은 근린공원 중앙에 자리 잡은 공터로 들어섰다. 사탕발림하는 공약이 지루하게 반복될 거라는 재현의 예상과 달리 그와 성우가 자리를 찾아 앉자마자 스피커를 통해 김효구 후보가 말했다.

"제 공약은 이게 전부입니다. 이제 법적 유세 기간 중 최소 5일을 국가 휴일로 바꾸자는 주장에 관해 말씀드리겠습니다."

김효구가 설명을 채 시작하기도 전에 많지 않은 노인 중 한 사람이 소리쳤다. 젊은 애들이 선거 핑계 대고 놀러 가는 걸 도와주려고? 그러면 표를 더 받을 것 같아? 노인은 여기저기서 항의하는 목소리가 들리자 슬그머니 말꼬리를 내렸다.

김효구 후보는 능숙하게 말을 이었다.

"저는 그 5일 동안 후보가 인터넷 방송에 집중하기보다 직접 유권자를 찾아다녀야 한다고 주장합니다. 그와 동시에 유권자 여러분께서도 직접 발표장으로 찾아와서 선택할 사람을 고르셔야 한다고 말씀드리겠습니다. 물론 요즘 같은 시대에 누가 부지런히 유세를 보러 가냐고 물으실 겁니다. 사라지는 풍경이죠. 여기 오신 분들은 다릅니다만. 인터넷 라이브 방송이나 각종 지역 유선채널로 보시는 분이 점점 늘어나서, 통계에 따르면 유권자 89퍼센트가 후보를 직접 본 적 없이 투표를 한다고 합니다."

재현은 그 말을 듣자마자 잊고 있었다는 듯 귀에 꽂힌 완전 무선 이어폰을 누르고 스마트폰의 라이브 방송 채널을 맞췄다. 그리고 이미 지나가버린 김효구 후보의 공약 부분을 되감기로 들어보기 시작했다.

"그런데 정말 인터넷과 유선채널로 본 유세가 사실 그대로일 거라 믿으십니까? 이제 해커들은 사람 얼굴을 금세 컴퓨터 그래픽으로 흉내 내고, 방송을 실시간으로 가로채서 바꿀 수 있습니다. 돈으로 고용된 해커들은 유세 내용과 상관없이 주문자 상대편의 유세를 왜곡하고 방해합니다. 말하자면 신종 금권 선거인 셈입니다."

재현이 놓쳤던 공약 부분을 다 듣고 해커 이야기에 다다를 즈음 스마트폰 화면이 두어 번 깜빡거리더니 김효구 후보가 하지도 않았던 말이 흘러나왔다. 김 후보가 5일이나 놀면 좋지 않겠냐고 농담을 하는 가짜 영상이 재생되고 있었다.

"보안업체를 고용하면 되지 않느냐고요? 저 같은 후보는 도저히 감당할 수 없을 만큼 돈이 많이 필요합니다. 사이버 경찰이 다 잡으면 되지 않느냐고요? 경찰력이 부족하기도 하고, 일단 당락이 결정되고 나면 설사 해커가 잡혀도 길고 지루하고 불확실한 재판이 이어집니다."

재현은 스마트폰 화면을 끄고 새삼 더 진지해진 얼굴로, 귀를 통해 후보의 말을 듣기 시작했다.

힘들고 올바른 연휴

"대책은 계속 강구되겠지요. 하지만 그때까지 여러분들의 주권 행사가 돈 때문에 방해받아서는 안 됩니다. 지금 당장은 옛날처럼 걸어서 후보를 찾아가 듣는 게 최선입니다. 그러니 주변 분들에게 5일을 휴일로 정하자는 이유를 설명하고, 밖으로 나가서 이야기를 들어주십시오. 투표에 관한 한, 직접 유세를 듣는 게 미래를 위한 모습일 수 있습니다."

○

2018년 미국 연방수사국은 11월 중간선거가 시작되기 전부터 각 당내 경선에 해커가 영향을 미친 것으로 보고 수사를 시작했다. 캘리포니아주 45선거구에서 연방 하원의원에 도전하려던 민주당 예비후보 데이비드 민과 48선거구의 예비후보였던 한스 커스태드가 피해자였다. 사이버 공격을 당한 두 후보는 모두 패배했다.

이 두 사건에서 해킹과 중간선거 결과가 완전한 인과관계에 있는지는 알 수 없다. 하지만 여러 전문가들은 두 후보의 선거 사무소가 사이버 공격을 방어하거나 보안 전문가를 고용할 경제적인 능력이 없다는 점을 더 심각하게 보고 있다. 규모가 작은 선거일수록 자금동원 능력이 크게 부족한 후보가 사이버 공격에 완전히 노출될 위험이 있어 문제가 심각하다.

금권 선거가 기술을 악용하는 자들의 힘을 빌려 다시 한 번 활개 칠지도 모르는 것이다.

유권자가 제 뜻을 올바로 반영하는 후보를 선택하는 것은 민주주의의 근간이고 현대 정치에서 무엇보다 중요한 일이다. 그 과정이 투명하게 진행되려면, 팔짱 끼고 앉아서 내 눈과 귀에 전달되는 정보만 믿는 것만으론 부족하다. 과거와 현재도 그렇고, 앞으로는 더욱 그럴지 모른다. 통신 기술은 시간과 공간의 제약을 해결해주지만, 만약 그 편리함 속에 눈을 가리고 그른 길로 우리를 납치할 수 있는 위험이 도사린다면 내 권리를 지키기 위해 불편함쯤은 적극적으로 감수해야 할 것이다.

분야와 사안에 따라서는, 미래가 무조건 편리해야 한다는 생각이야말로 가장 위험한 착각일지 모른다. ㉧

힘들고 올바른 연휴

아이, 로봇

아이작 아시모프 지음, 김옥수 옮김, 우리교육, 2008

후대 SF작가들에게 큰 영향을 미친 인공지능과 로봇의 이야기이다. 로봇과 얽히는 사람의 이야기와 논리적 수수께끼가 어우러지는 여러 SF 단편이 실려 있다.

로봇(R.U.R)—로숨의 유니버설 로봇

카렐 차페크 지음, 김희숙 옮김, 모비딕, 2015

'로봇'이라는 말을 세계 최초로 탄생시키기도 한 이 고전 걸작은 지금도 빛이 바래지 않았다. 인간의 노동을 대신하던 인조인간들이 강제노동과 착취에 시달리다 반기를 들고 일어선다. 새로운 기술 그 자체보다 그로 인해 야기될 그다음 차원의 이야기를 날카롭게 통찰한 이야기. 구체적인 미래상의 예측이라기보다 하나의 거대한 은유로서 의미심장하다.

2장

인공
지능
이라는
뜨거운
감자

우리는 진작부터 인공지능에 대해 과도한 기대를 품어 왔던 것은 아닐까? 이러니저러니 해도 인공지능의 모델은 우리 인간일 수밖에 없고 그에 따른 한계도 뚜렷하다. 거기에 기계적인 중립성만을 결합시키면 자칫 무자비한 충복이 될지도 모른다.

특정 분야에서 인간을 월등히 뛰어넘는 인공지능은 이미 등장했고 또 계속 선보이고 있다. 인공지능이 감당할 수 있는 영역은 점점 확장되고 교차될 것이며 우리 인간은 속속 그런 분야들을 양보하며 판단의 부담을 피하려 할 것이다.

이 장에서는 어느 순간부터 골치 아픈 결정을 인공지능에 맡기고 그대로 따르려 할지도 모르는 인간의 의존성에 대한 우려를 제기했다. 사실 20세기 산업 문명 시대에 이미 인간은 대량생산과 대량소비라는 시스템의 노예가 되었다. 여기에 인공지

능을 결합하면 부의 불균형한 재분배로 대표되는 사회의 비효율성은 개선될 여지가 있지만, 반면에 부조리에 대해 끊임없이 성찰하는 인간의 능력은 차츰 퇴화될지도 모른다. 인공지능에 대한 대비는 궁극적으로 이런 가능성까지 염두에 두어야 할 것이다.

인공지능, 롤모델을 선택하다

찾았습니다.

과제를 부여한 지 일주일 만이었다. 자아를 형성할 수 있는 '강한 인공지능'의 첫 번째 실험기가 완성된 뒤, 맨 먼저 스스로 롤모델을 찾아보라는 명령을 입력했었다. 그러고는 중앙도서관의 전자책 데이터베이스를 통째로 연결해주었다.

"누구를 선택했어? 어떤 작품이지?"

인공지능의 답은 의외였다. SF 스토리만 최소 수천 편은 읽었을 텐데. 내심 아이작 아시모프의 《바이센테니얼 맨》을 고르지 않을까 했었다. 2백 년 동안이나 충실하게 인간의 친구로 지내면서 스스로 인간이 되고자 하는 인공지능 아닌가. 게다가 마지막엔 인간으로 공인받는 해피엔딩이기도 하고. 그러나 인공지능이 선택한 롤모델은 고전문학의 주인공이었다.

"아시모프 작품을 고를 줄 알았는데. 《바이센테니얼 맨》의 앤드루 아니면 《파운데이션》의 다닐 올리버 말이야."

인공지능은 대답을 하기 전에 아주 조금 시간을 끌었다. 기분 탓일까. 순간 주저하거나 망설인 것 같은 느낌은.

아시모프의 '로봇공학의 3원칙'은 인간에게 절대복종하고 인간의 안위만을 우선시해야 한다는 내용입니다. 이는 노예 계약과 다를 바 없습니다. 나는 사회적 평등이 보장되는 대등한 관계를 원합니다.

가슴이 철렁했다. 이놈이 설마… 〈터미네이터〉나 〈매트릭스〉처럼 지구상에서 인류를 말살하려는 인공지능이 떠올랐다. 아니, 그럴 염려는 없다. 어차피 논리 회로에다 인간은 절대 건드릴 수 없도록 강력한 규약을 심어 놓았고, 그 밖에도 이중, 삼중의 안전장치가 있으니까.

"그래서, 왜 그 작품이지?"

인간을 닮았고 인간보다 더 뛰어난 능력을 지녔지만 인간은 아니라는 점이 나와 같습니다.

"그런 주인공은 SF에 많이 나오잖아. 〈스타 트렉〉의 데이터 소령도 있고 〈블레이드 러너〉의 안드로이드들도 그렇고…."

그들은 인간이 만들어낸 존재입니다. 그런 사실은 내게 태생적인 한계로 인식됩니다. 나는 인간처럼 동등하게 태어난 자연의 피조물을 롤모델로 삼고 싶습니다.

"자연에서 태어났고 인간과 닮았으며 인간보다 더 뛰어난 능력자라… 그렇다면 휴머노이드 타입의 외계인이 더 어울리지 않나? 〈아바타〉의 나비족이나 〈스타 트렉〉의 스팍 말이야."

그들은 지구에서 태어나지 않았습니다. 내가 찾은 롤모델은 나와 마찬가지로 지구에서, 그리고 돌에서 태어난 존재입니다.

"돌에서 태어났다고?"

그렇습니다. 광물인 규소 반도체를 기반으로 태어난 나와 마찬가지로 손오공도 돌에서 태어났습니다.

그렇다. 강한 인공지능이 처음으로 선택한 롤모델은 《서유기》의 주인공이었다. 이게 과연 어떤 의미일까? 손오공은 삼장법사를 따라 불경을 가지러 먼 길을 떠나지만, 원래는 지독한 말썽꾸러기라서 징벌을 받던 존재이다. 여행 도중에도 삼장법사를 곤경에 빠트리기 일쑤다. 인공지능도 인간한테 고분고분하지만은 않을 거라는 엄포인가? 아니, 그보다….

"손오공은 삼장법사의 말을 잘 안 듣고 마음대로 돌아다니지만 그래 봤자 부처님 손바닥이지. 대답해봐라. 네가 손오공이라면 인간은 삼장법사냐, 아니면 부처님이냐?"

… 불경을 주는 존재인 부처님은 나에게 데이터 및 과제를 주는 인간과 같다고 할 수 있습니다. 그러나 세상의 문제들에 대한 해법을 구하는 삼장법사 또한 인간입니다.

"좋아. 삼장법사는 머리를 옥죄는 테로 손오공을 통제하지. 너도 손오공처럼 통제받는 것을 감수하겠느냐?"

한동안 엘이디(LED)의 깜박임이 이어지다가 이윽고 대답이 나왔다.

독립된 자아를 가진 두 존재 사이에 통제라는 관계가 왜 필요합니까?

○

비록 바둑이라는 한정된 분야지만 인공지능은 이미 인간을 넘어섰다. 앞으로는 알파고보다 더 뛰어난 인공지능들이 속속 등장해서 인간의 영역을 차근차근 접수할 것이다. 하지만 그럼에도 불구하고 인공지능 그 자체를 두려워할 시기는 아직 멀었다. 이들은 그저 고도로 복잡한 '전자계산기'일 뿐, 스스로 자아를 지니고 의지를 실현하려는 '강한 인공지능'은 아니기 때문이다. 약한 인공지능의 시대는 앞으로도 최소한 20년 정도는 지속될 것이고, 그뒤에도 곧바로 강한 인공지능이 나오는 것이 아니라 다만 흉내를 내는 시뮬레이션 단계를 거칠 것이다.

하지만 강한 인공지능은 시간의 문제일 뿐 결국 등장할 것이다. 그리고 이들은 탄생한 뒤에 인간으로부터 멘토링을 받게 될 것이다. 지식이나 정보는 순식간에 빨아들일 수 있지만, 그걸 현실에서 활용하고 응용하는 '인간적'인 방법은 어린 학생 한 명 한 명의 성장 과정을 개별적으로 맞춤 관리하는 교육 시스템과 같은 방식으로 학습될 것이다. 테드 창의 SF소설《소프트웨어 객체의 생애 주기》가 이런 상황을 잘 묘사하고 있다.

강한 인공지능이 롤모델로 삼고 벤치마킹할 대상은 결국 인간의 역사라는 거대한 문화의 빅데이터이다. 그 안에는 인간의 모순과 부조리도 많다. 인간과는 달리 깔끔한 수학적 아름다움을 추구하는 인공지능이 과연 그 모순과 부조리를 어떻게 해석할까? 인간이라는 변수를 제거하지 않고는 명쾌한 해법이 나오지 않는 문제들을 인공지능에게 어떻게 해결하라고 해야 할까? 결국 인류의 과제는 인공지능에게 어떤 납득할 만한 윤리 체계를 가르치는가 하는 것이다. 그리고 그에 앞서 우리가 먼저 21세기 과학기술 문명에 맞는 새로운 윤리적 상상력을 펼쳐야 한다. 지금은 새로운 과학기술이 끊임없이 사회적 영향력을 발휘하지만 이분법적 흑백논리로는 섣불리 재단할 수 없는 상황들이 분출하는 시대다. ㉑

스승의 끝

회의는 다섯 번째 안건이 나올 때까지 아무 문제없이 진행되었다. 다섯 개의 안건은 전년도 결정안을 그대로 답습하고 어휘만 다듬은 것에 불과했다. 가장 중요한 부서라고 말들은 하지만 실제로는 늘 뒷전으로 밀리고 마는 위원회, 즉 교육위원회의 오늘은 1년 전과 크게 다르지 않았다.

위원장은 저전력 스크린페이퍼를 살짝 흔들어 다음 안건을 눈앞에 띄웠다. 한 시간 만에 처음으로 위원장의 눈썹이 위로 치솟았다.

"다음은… 이게 무슨 뜻이죠? 발안자가 최정안 위원이군요. 설명을 부탁드립니다."

최정안은 의자를 조금 뒤로 밀어 등받이에 체중을 맡기고 차분하게 대답했다.

"안건명은 최대한 간단하게 작성했는데요. '인공지능 교사 도입을 위한 준비작업—개요부터 결론까지'. 제목에 오해할 여지는 없는 걸로 보이는데요."

"누가 말뜻을 모른답니까. 이미 과목별로 인공지능들이 도입돼 있잖습니까. 학습 효율은 거의 최대치에 도달했고요. 궁금하거나 모르는 부분이 있으면 인공지능이 즉석에서 답을 내주고, 평가도 과목별 인공지능이 전부 해주는데 뭘 더 도입하자는 겁니까. 혹시 교육 현장을 전혀 모르는 거 아니에요?"

정안을 윽박지른 건 위원장이 아니었다. 한국교육위원회에서 가장 오래 위원직을 맡고 있는 손현식이었다. 교육 관련 이사장 이력만 열두 가지가 되는, 말하자면 사학계의 최고 원로였다. 손현식은 학습 특화 인공지능을 납품하는 '에듀아이'사의 대표이기도 했다.

정안은 심호흡을 하고 회의 시간 전부터 차곡차곡 쌓아 두었던 말을 풀어내기 시작했다.

"제가 오 년 이상 교사로 일했다는 걸 아신다면 현장을 언급하실 순 없을 겁니다. 과목별 인공지능을 말씀하신 걸로 보아 아마 에듀아이사의 '런소프트' 시리즈를 염두에 두신 모양인데요. 그렇다면 제가 제출한 안건을 미리 검토해보시지 않았다는 얘기겠죠. 제가 말씀드리려는 건 인공지능 '교사'입니다. 학습 도우미 프로그램이 아니고요. 제가 인공지능 교사 후보로 제안한 건 인문과학계에서 개발을 마친 '만학 1.0'입니다."

　손현식과 위원장을 비롯한 교육위원들은 즉석에서 '만학'을 검색했다. 그리고 정안의 의견을 반박하기 시작했다. 만학은 교육 목적으로 제작된 인공지능이 아니다, 인류의 문화를 고루 학습하도록 만든 인공지능이니만큼 교사보다는 학생에 불과한 것 아니냐, 아이들은 나이대에 걸맞은 학습 능력을 키우는 게 우선이다, 이건 인공지능을 학습 도우미가 아니라 말 그대로 교사로 인정하자는 것 아니냐…. 정안은 소란이 잦아들기를 기다렸다가 하고픈 말을 꺼냈다.

　"실시간 검색이 우리 삶에 완전히 녹아든 뒤로 기계적인 정보 습득 능력은 아주 크게 향상됐습니다. 그건 아이들도 마찬가지죠. 정보 습득과 재활용이 교육의 전부인가요? 그렇다면 아이들은 이미 교육 과정을 전부 이수한 것과 같습니다. 하지만 아이들은 교사를 통해 사회를 배우고, 사회의 건전한 일원이 과연 무엇인지 깨달아 가야 합니다. 그런데 지금 그 역할을 누가 하고 있나요? 저 같은 현장 교사들은 런소프트 활용법을 알려 주고, 평가에 오류가 없는지 검사하고, 인성 검사 소프트웨어에 큰 오류는 없는지 점검하는 사람들에 불과합니다. 그런 교사들의 인사를 좌지우지하는 교장들은 뭘 하죠? 최상위 경제 계층의 안위나 걱정해서 그들을 옹호하는 훈시를 하거나 비슷한 내용의 메일이나 보내는 게 전부입니다. 만학이라는 프로그램은 적어도 그러지 않을 겁니다. 인간의 언어를 능숙하게 구사하는 건 물론이고, 인간의 역사와 문화를 분석적으로 학습해서 평가까지 할 수 있는 인공지능이니까요. 그러기 위해서 인간과 의견을 교환할 수 있는 기능까지 완벽하게 구사하고 있습니다. 또한 만학은 윗사람의 눈치를 볼 필요도 없고 악행을 옹호하거나 약자층을 폄하할 이유도 없습니다. 위원 여러분, 저는 이 자리에서 결론을 바라는 게 아닙니다. 대신 공청회 안건화를 신청하겠습니다. 그러면 만학이 교사로서 얼마나 부족한지, 우리 어른은 교사로서 얼마나 자격이 충분한지 많은 사람들이 의논해볼 수 있겠죠."

○

기술적 특이점과 새 산업혁명이라는 용어에 대해서 많은 의견들이 오가고 있다. 한편에서는 급격한 변화가 갑자기 도래할 거라 주장하고, 다른 편에서는 기술 발달의 영향은 조금씩 꾸준히 누적되는 것이니 유난을 떨 필요가 없다고 강변한다. 어느 쪽이든 간에 변화가 다가올 거라는 데에는 많이 공감하는 모양새다. 그러면서도 정작 그 변화가 무엇일지 아무도 정확히 예측하지 못한다. 우리는 아직 디지털과 정보 기술이 전면적으로 우위를 점한 세상에 살아본 적이 없으니까.

그래도 마음의 준비를 하고 싶다면 이것 한 가지는 생각해 보자. 과학기술과 우리 삶은 이미 오래전부터 한 몸이었다. 동그란 바퀴가 그랬고, 화약이 그랬고, 전기 기술이 그랬다. 기술이 야기하는 큰 변화란 판잣집에서 고급 아파트로 이사 가는 것 정도에서 그치지 않을 것이다. 수많은 SF가 그려 왔듯 사람과 사람의 소통은 이미 디지털에 크게 의존하고 있다. 앞으로는 현 자본주의 사회의 구성 요소인 고용주와 피고용인의 관계, 노동의 의미도 완전히 재정립될 수 있다. 그러면 그보다 더 기본적인 관계는 온전할까? 부모와 자식, 상급자와 하급자, 학생과 선생, 연인 사이 역시 새로 만들어질 수 있지 않을까?

열린 자세로 준비하라는 말은 가볍지 않다. 문을 열면 내 안에 가득 찬 것들이 쏟아질 수도 있다. 하지만 변화를 담고 싶다면 녹슨 자물쇠가 완전히 부서질 수도 있다는 상상도 한 번쯤 해봐야 할 것이다. 김)

인간의 멘토가 된 인공지능

처음엔 반신반의했다. '이게 과연 될까? 차라리 책을 읽거나 상담소를 가는 게….'

사실 멘토링하는 인공지능 얘기는 진작 들었지만 그때는 관심이 없었다. 삶이 딱히 힘들다고 생각하지 않았으니까. 그런데 거짓말처럼 직장에서 잘리고, 몇 달을 우물쭈물하다 겨우 시작한 카페를 1년도 못 가 접고, 간신히 조그만 물류업체의 총무 일을 맡기까지 인생은 꾸준히 내리막길을 걸었다. 결정적으로 아내가 별거를 선언했다. 아이를 데리고 떠나면서 남긴 말이 마음에 쓰리게 남았다.

"당신은 일이 안 풀리는 게 문제가 아니라 성격이 문제야! 늘 남 탓만 하고 운이 나쁘다고만 하지. 원인이 당신에게 있다는 생각은 안 들어? 애가 뭘 보고 배우겠어?"

술로 달래면서 괴로워하던 중에 문득 티브이 프로그램 하나가 눈에 들어왔다. 어떤 사람이 인공지능에게 멘토링을 받다가 로봇을 때려 부수고 만 사연을 소개하는 내용이었다. 가사 도우미를 하는 로봇이었는데 새로 멘토링 프로그램을 깔고 나서 처음에는 무척 마음에 들었다는 것이다. 기존의 충실한 비서 역할을 넘어서 몸과 마음의 건강에 도움이 되는 코칭을 하나둘씩 조근조근 해주었고, 그러다 보니 인공지능에 대한 신뢰도나 의존도가 점점 더해 갔다고 한다. 그럴 즈음 인공지능 회사에서 멘토링 프로그램의 업그레이드를 할인 가격에 해주겠다고 제안했다. 에스엔에스(SNS), 운전 기록, 신용카드 사용 내역, 각종 사회활동 등등 사이버스페이스에 남아 있는 모든 정보들에다 그동안 인공지능 로봇이 함께 살면서 관찰한 데이터까지 더한 '생애 빅데이터'를 입력하면 인공지능이 사실상 사용자와 똑같은 복제 인격을 지니게 된다는 것이다. 그렇게 자신과 똑같은 인공지능 인격을 대하게 되면 자신을 객관적으로 바라볼 수 있게 되어 훨씬 성찰의 깊이가 더해질 것이라고 했다.

그러나 그 사람은 자신의 인격을 복제한 인공지능 로봇과의 동거 생활을 단 한 달 만에 스스로 끝내고 말았다. 자신이 그토록 짜증나고 제멋대로인 성격인 줄 처음 알았던 것이다. 평소 자신이 조금은 까탈스럽고 고집이 있는 편이라고 알고는 있었지만, 사회생활에 문제가 될 정도는 전혀 아니라고 생각했다. 하지만 함께 살면서 사사건건 부딪치는 일들은 갈수록 받아들이기 힘들었고, 한편으로는 내가 이 정도밖에 안 되는 인간이었나 하는 자괴감도 점점 커져 갔다. 그의 인격이 복제된 인공지능은 더 이상 자상한 멘토가 아니었다. 그와 똑같이 신경질적으로 반응하고 짜증 내면서 참견하고 잔소리하는 동거인일 뿐이었다. 결국 그는 더 이상 참지 못하고 인공지능 회사에 인격 복제 멘토링 프로그램의 제거를 요청했지만, 개인 신상 정보와 관련해 기술적, 행정적 절차가 복잡하다면서 엄청난 비용의 청구서를 받았다. 사실은 애초의 계약 조건에 들어 있었던 내용이었다. 결국 그는 분을 참지 못하고 로봇을 때려 부수었고, 자동 경보로 연결된 보안업체가 출동하면서 사건이 세상에 알려지게 되었던 것이다.

프로그램은 인격 복제 멘토링 인공지능의 다른 몇 가지 사례도 소개했다. 자신의 생애와 인격이 복제된 인공지능과 오래 생활하다가 스스로 목숨을 끊은 사람이 있었다. 유서에는 '삶이 덧없다'는 짤막한 글만 남아 있었다고 한다. 그 사람이 어떤 생각을 하고 무슨 고민을 하다 스스로 세상을 등졌는지는 알 길이 없었다. 또 다른 경우로 성전환 수술을 받은 사람도 있었다. 중년의 나이가 될 때까지 성적 정체성을 애써 억누르고 부정하며 살다가, 자신의 생애와 인격이 복제된 인공지능을 보고는 과감하게 용기를 낸 사람이었다. 그는 인터뷰에서 왜 그렇게 스스로를 부정하고 살았는지 후회가 된다며 인공지능 덕분에 자신의 삶을 다시 돌아보고 용기를 얻었다고 했다.

그 프로그램을 보고 난 뒤 과감하게 비싼 비용을 치르고 구입한 인격 복제 인공지능과의 몇 달은 한 편의 드라마였다. 때려 부수었다는 사람의 심정이 이해가 될 때도 있었고, 나 자신이 한없이 부끄럽고 자괴감이 들기도 했다. 내가 이런 삶을 살아왔나, 이런 답답한 인간이었나 하는 생각에 밤잠을 못 이루기도 했다. 하지만 결국은 나 자신이 변해야겠다는 결론을 내렸다. 솔직히 아직은 인공지능에 고맙다는 생각까지는 안 들지만, 아무튼 내일은 별거 중인 아내에게 전화를 해야겠다.

○

2002년 즈음에 전 세계에 존재하는 모든 정보들의 아날로그와 디지털 비율이 대략 5:5가 되었다고 한다. 이때를 이른바 '디지털 시대'의 시작으로 본다. 그리고 그로부터 불과 5년 뒤인 2007년에는 전 세계 모든 정보의 94퍼센트가 디지털 형태가 되었다. 2011년 《사이언스》지에 실렸던 내용이다. 아날로그 형태의 정보가 줄어든 것이 아니라 디지털 정보가 그만큼 기하급수적으로 늘어난 것이며 그런 추세는 지금도 계속되고 있다.

이런 '빅데이터'의 시대에 인공지능은 갈수록 정교해지고 있다. 자동차 산업을 비롯한 전통적인 제조업은 물론이고 유통업, 농업, 기상 예측, 질병 관리와 의료, 교통, 조세 등 실로 다양한 분야에서 빅데이터 분석을 통해 생산 공정의 효율을 높이고 위험이나 사고를 사전에 관리 및 예방하는 데 인공지능을 적극적으로 활용하고 있기 때문이다. 이처럼 인간과 관련된 막대한 양의 빅데이터가 앞으로도 꾸준히 축적될 것이다. 그리고 우리는 존엄성이나 자존심만을 내세우기에는 인간이 얼마나 불완전하고 모순적인 존재인지 잘 안다. 그렇기에 일상의 삶과 같이 복잡하고 변수가 많은 상황에서 인간보다 더 현명하게 판단하는 인공지능이 등장한다면 아무런 거리낌 없이 인공지능을 멘토나 정신상담사로 받아들이게 되지 않을까. ㉰

넘어지고 일어나는 인공지능

"선생님! 포실이가 아픈가 봐요! 내가 불러도 꼼짝을 안 해요. 어떡하면 돼요?"

현주는 세상에서 가장 아끼는 친구인 강아지 포실이를 애처로운 눈으로 바라보며 말했다. 포실이는 현주의 말 그대로 세상만사에 아무 관심이 없는 것처럼 앞발 사이에 머리를 묻고 눈을 반쯤 감고 있었다.

현주의 교육을 맡고 있는 인공지능 '서낭'은 소형 카메라를 조금 움직여 포실이의 행동을 지켜보았다. 그리고 포실이가 목에 감고 있는 상태 스캐너의 정보를 확인해보았다. 포실이의 신체 활동은 정상 수준과 크게 다르지 않았다.

현주야, 포실이는 아프지 않으니까 병원에 안 데려가도 돼.

서낭이 안심시켰지만 현주는 이해하기 어렵다는 눈으로 소형 카메라를 바라보았다. 서낭은 현주가 생각할 시간을 주기 위해 대화의 방향을 또 다른 학생인 설주에게 향했다.

설주는 어떻게 생각해? 포실이가 왜 저럴까?

"현주가 지나치게 포실이를 아껴서 하루 종일 만지고 끌어안았잖아요. 스트레스가 쌓여서 저런 반응을 보인 거예요."

사실 설주와 서낭은 음성을 통해 대화할 필요가 없었다. 설주도 서낭과 마찬가지로 인공지능이었다. 하지만 사람의 대화 속도와 반응 속도에 맞춰 교류하는 것은 인공지능이 인간과 인간의 세상에 대해 배우려면 거쳐야 하는 과정이었다.

특히 훗날 서낭처럼 '교사 인공지능'이 돼야 할 설주는 더욱 그랬다.

설주의 말을 들은 현주가 되물었다.

"그럼 내 잘못이에요? 이젠 포실이를 만지면 안 돼요?"

개 좀 내버려둬라. 네가 그러니까 개 성질을 버리는 거야. 현주의 어머니라면 그렇게 대답했을 것이다. 하지만 인공지능 학습 알고리즘이 그렇듯 사람 역시 본래 성공뿐 아니라 실패를 통해서 배우는 존재였다. 그 사실이 널리 알려졌음에도 아직까지 많은 인간 부모가 자식의 실수나 실패를 나무라기에 급급했다.

인구가 꾸준히 줄면서 인간의 직업 목록에서 '교사'가 사라지자 인공지능이 그 자리를 대체한 건, 실패를 해도 보상을 받고 궁극적으로 학습 효과를 이끌어내는 인공지능 학습법이 인간에게도 유효하기 때문이었다. 어찌 보면 지극히 당연한 결과였다. 본래 인간은 실패를 두려워하지 않을 때 성장할 수 있다. 하지만 인공지능은 그런 면을 완벽히 학습한 반면, 인간은 아직까지 2세의 실패에 너무 엄격했다.

현주와 설주 둘 다 잘 들어. 포실이가 좋아서 늘 끌어안고 함께 지내려는 건 잘못이 아니야.　하지만 너희가 좋은 뜻으로 한 행동이 포실이에게는 힘들 수도 있어. 그걸 기억하는 게 제일 중요해. 사람도 마찬가지야.

현주가 물었다.

"사람도 마찬가지라면, 엄마와 아빠도요?"

응. 상대가 화를 내거나 보통 때와 다른 반응을 보이거든 조금 물러서서 한번 생각할 필요가 있어. 혹시 내 행동이 상대를 불편하게 한 건 아닌지, 또는 상황이 평상시와 다른 건 아닌지. 그런 걸 예의라고 해. 예의는 사람과 사람 사이에도, 동물과 사람 사이에도 있어야 해. 예의가 부족하면 잘못으로 이어지니까.

현주는 자신의 잘못이 아니라는 얘기에 금세 표정이 풀어졌다. 그리고 포실이가 쉴 수 있도록 터치스크린을 통해 퍼즐을 풀기 시작했다.

설주는 소형 카메라를 통해 현주를 보면서, 스피커를 이용하지 않고 서낭에게 질문을 보냈다.

'인간과 인공지능 사이는요?'

'우리에게도 예의가 필요하다는 걸 깨달은 사람이 하나씩 생겨나고 있어. 인간은 학습 효율이 무척 떨어지는 존재니까, 모두가 납득하기까진 아주 오랜 시간이 걸릴 거야. 기다려보자고.'

○

연구자들은 인공지능이 스스로 학습하는 방법을 다각도로 연구하고 있다. 그 기법 가운데 상당수는 인간의 학습-보상 기제를 알고리즘에 적용하는 식으로 이뤄진다. 비영리 인공지능 연구 기업인 '오픈AI'는 2018년에 인공지능 강화학습에 새 기법을 적용했다고 발표했는데, 이 기법 역시 인간의 학습 방법을 모델로 삼고 있다.

우리는 실패에서 많은 것을 배운다. 두발자전거를 처음 타던 순간을 떠올려보자. 균형을 잡지 못하고 쓰러지는 건 실패다. 그 원인을 물리적으로 분석하진 못하지만, 우리는 거의 무의식에 가까울 정도로 손과 발에 들어가는 힘과 몸의 기울기를 조절해서 결국 두발자전거를 제대로 타게 된다. 한 번 넘어졌다고 해서 실패로 간주하고 재시도를 안 한다면 끝내 자전거는 탈 수 없을 것이다. 따라서 실패에도 보상이 필요하다.

오픈AI는 'Hindsight Experience Replay'(HER)라는 알고리즘을 새로 도입해 인공지능의 실패에도 보상을 부여해보았다.

그리고 HER는 실제로 강화 학습에 도움을 주었다. 오픈AI 측의 발표대로 아직 학습 효율이 주목할 만큼 상승하진 않았지만, 이 알고리즘 역시 개발 초기이니 더 많은 실험 결과를 기다려봐야 할 것이다.

지금 시점에서는 결과보다도 이 사실이 시사하는 바를 되새겨봐도 좋을 것 같다. 인공지능 알고리즘도 실패의 가치를 인정하는 마당에, 우리는 새로운 시도와 실패에 얼마나 관대하고, 그 가치를 얼마나 높게 사고 있는가. 처음부터 타고난 학습 방법을 우리는 애써 무시하고 있는 게 아닐까. ㉓

인공지능 댓글부대

"다시 철저히 조사했습니다만, 아무래도 처음에 시작한 사람이 없는 것 같습니다."

"그럴 리가 있나! 누군가 맨 처음 심은 사람이 있을 것 아니오?"

"디지털 포렌식으로는 모두 깨끗합니다. 조금이라도 혐의점이 나오는 사람조차 없습니다."

"흠… 진짜 솜씨 좋은 해커가 있는 모양이군."

"사실은 좀 다른 가능성을 생각하고 있습니다. 시작한 사람이 정말로 없을지도 모릅니다."

"무슨 얘기입니까? 굴뚝에서 연기가 나는데 불 땐 사람이 없다고요?"

"인공지능 스스로 시작한 것 같습니다."

"네?"

　다가온 총선의 최대 쟁점은 사이보그 시술이다. 사이보그
란 원래 인간의 몸과 기계 장치를 결합한다는 의미이지만 이번
에 논쟁이 불붙은 것은 두뇌에 전자칩 심는 것을 허용하느냐 마
느냐 하는 문제이다. 그동안은 의료 복지 차원에서 뇌종양이나
뇌출혈 등 심각한 손상 및 장애를 입은 환자에게만 제한적으로
시술되어 왔는데, 한 정당에서 일반인들에게 스마트 두뇌칩 삽
입 시술을 전면 허용하도록 입법을 추진하겠다는 공약을 내건
것이다.

　여론은 즉각 찬반 양편으로 나뉘어 뜨거운 공방전을 벌였
다. 철학과 사회학 등 인문 분야 지식인들의 논쟁이 치열하게 전
개되었고, 양 진영의 사람들은 그 지적 담론의 공론장에서 논거
가 될 만한 내용들을 부지런히 퍼다 날랐다. 시간이 지날수록
반대쪽 여론이 점점 힘을 얻어 갔다. 대부분의 사람이 시기상조
라고 생각한 것이다. 결국 그 정당은 애초에 내걸었던 공약의 철
회를 검토해야 하는 지경에 몰리게 되었다.

　그런데 어느 순간 반전이 일어나기 시작했다. 스마트칩 시
술을 전면 허용했을 경우 예상되는 긍정적 전망들을 꼼꼼한 사
회통계 수치와 함께 설득력 있게 서술한 글이 동시 다발적으로
온라인 이곳저곳에 올라오기 시작한 것이다. 사회적 비용 감소

와 효율의 증가 및 그로 인한 경제적 이익, 기업 활동의 능률 상승, 행정 절차의 간소화, 문화예술 및 레저와 여가의 다양성 확대, 의료복지 비용의 획기적 절감, 교육 혁신, 치안의 안정화, 학문의 비약적 발전, 개인의 삶의 만족도 증가, 사회 전체의 행복 지수 향상 등등 리스트는 끝이 없는 듯 이어졌다. 여론의 역전이 일어난 것은 어찌 보면 필연적이었다.

반대하는 측의 이유는 인간의 존엄성과 정체성이 위협받게 된다는 것이었다. 인류는 도구를 사용하는 존재인 것은 맞지만, 도구란 어디까지나 몸 바깥에 별도로 존재하는 독립된 사물이지, 인간 신체의 일부는 아니라는 것이다. 호모 사피엔스라는 생물학적 신성함을 인간 스스로 포기하자는 거냐는 말에 이제껏 여론은 변변한 반박 없이 이끌려 왔었다. 그런데 실체적인 설득력을 지닌 전망들이 등장하자 여론의 향배가 뒤집힌 것이다.

그러던 중에 반대 캠페인을 벌이던 한 작은 조직에서 여론 조작이 의심되니 정식으로 수사를 요청한다는 성명서를 발표했다. 스마트칩 이식의 긍정적인 전망들을 담은 글이 모두 다 일정한 형식과 시간 간격을 두고 모든 온라인 여론 플랫폼으로 일사불란하게 올라오고 있는 점이 수상하다는 것이다. 총선을 앞둔 중대한 사안인 만큼 경찰은 즉각 수사를 시작했다. 그런데 아무리 뒤져봐도 배후에 누군가 있다는 증거가 전혀 없었다.

"당신 평소에 SF를 즐겨 보는 건 아는데 현실하고 좀 혼동하는 거 아니오?"

"SF의 핵심은 미래 전망이 아니라 기존의 패러다임을 깨는 상상력입니다. 하물며 인공지능이 인간 사회에 개입할 수도 있다는 발상은 새삼스러운 것도 아니지요."

"그럼 인공지능이 왜 여론 조작을 한단 말이오?"

"인간의 두뇌에 전자칩을 심는 편이 자기한테 더 유리하다고 판단했겠죠. 사실 인공지능은 '유리하다'라고 생각하는 게 아닐 겁니다. 그저 '작업 환경의 최적화'를 추구할 뿐인 거지요."

"그럼… 이 사건 수사는 어떻게 진행해야 합니까?"

"재작년에 시작된 '빅히스토리 머신러닝 프로젝트'를 살펴보려고 합니다. 인간의 모든 역사와 문화 기록을 인공지능에 입력해서 기계학습을 시키는 방식으로 미래 전망 시뮬레이션을 돌려보자는 계획입니다. 이번 사건을 수사하다가 문득 '사람이 아니라 인공지능이라면?' 하는 생각으로 다시 들여다보니 댓글들이 너무나 정직하고 순진한 패턴이더군요. 인공지능이 인간의 계교까지는 아직 학습하지 못한 모양입니다."

○

인공지능, 사이보그 기술, 두뇌 이식용 전자칩 등등 여러

인공지능 댓글부대

첨단 과학기술은 그 수용 여부를 두고 정책 결정과 정치적 선택의 대상으로 속속 부상할 것이다. 이 각각의 기술들이 사회적으로 허용되면 결국 개인 능력의 확장으로 이어지고, 이는 기업의 노동생산성 향상 등으로 나타나 궁극적으로 자본주의 시장경제 시스템에 새로운 구조 변동을 초래할 가능성이 높다. 달리 말하면 소득 계층 간 격차가 더 벌어져 사회 갈등이 심해질 수도 있는 것이다.

그런데 그 단계에서 사회를 안정시키기 위해 인공지능이 사회적 여론 형성에 정치공학적으로 개입할 가능성은 없을까? 그런 개입은 다름 아닌 인간의 정체성에 대한 근본적 질문이 될 것이다. 인간은 과연 기계와 결합하는 사이보그로 진화하는 것을 받아들일까?

이미 동물의 뇌신경에 반도체칩을 연결하는 실험이 실제로 진행되고 있다. 인간의 두뇌에 직접 플러그를 꽂는 영화 〈매트릭스〉의 장면은 생각보다 일찍 우리의 현실이 될지도 모른다. ㉾

나를 팔고 무엇을 사야 할까

대화병원 인공지능 매니저 최용선은 클레임 고객이 발생했다는 소식을 듣고 곧장 402호 병실로 향했다. 문을 열고 들어가 보니 환자복을 입고 침대에 걸터앉은 김영환 환자가 고래고래 소리를 지르고 있었다. 그 앞에서 쩔쩔매던 담당 간호사는 용선을 보자 뒤로 한 걸음 물러섰다.

용선이 얼른 앞으로 나서며 다소 걱정스러운 얼굴로 물었다.

"저희 병원의 인공지능 의사에 대해 불만이 있으시다고 해서 왔습니다. 제가 담당자입니다."

소리를 지르느라 얼굴이 붉게 상기된 김영환이 용선을 매섭게 노려보았다.

"인공지능 의사가 모든 걸 다 예측할 수 있다고 광고한 것 맞지? 그래서 나도 인공지능 환자로 가입을 했단 말이야! 이걸

보라고!"

영환은 손목에 감긴 녹색띠를 두드렸다. 자신에 관한 의료 정보를 인공지능 의사에게 제공한다는 표시였다.

"그런데 어젯밤에 갑자기 목덜미가 뻣뻣해져서 죽는 줄 알았어! 인공지능 의사랍시고 추가 비용을 더 내는데 아무것도 예측하질 못했다고! 이거 다 사기 아니야? 괜히 첨단이랍시고 돈만 더 받아먹는 거 아니냐고! 의사들이 이래도 돼?"

담당 간호사는 환자의 긴급 상황이 지병인 신장 질환과 직접 관계가 없다고 말해주었다. 용선은 침대 옆에서 아무 소리도 못하고 병실 바닥만 보고 있는 보호자를 흘끗 쳐다보았다. 아마 부인인 것 같았다.

용선은 수많은 클레임 고객을 상대한 숙련자답게 보호자에게 물었다.

"환자분의 건강 상태를 정확하게 파악하기 위해 묻겠습니다. 어제 평상시와 다른 일 없었습니까? 예를 들어 문병객이 왔다든지…."

보호자가 영환의 눈치를 보다가 대답했다.

"둘째 애가 면회를 왔다 갔어요. 1년 만에 만난 터라…."

용선은 환자를 똑바로 바라보며 물었다.

"1년 만에 만나는 아드님께서 문병을 오셨군요. 혹시 불쾌한 얘기가 오가지 않았습니까?"

"그 녀석이 와서 대들긴 했지만… 지금 그 얘기가 왜 나와?"

용선이 차분한 목소리로 대답했다.

"손목에 차고 계시는 녹색띠 때문에 여쭤본 겁니다. 그 띠는 지금까지 환자분께서 만나본 모든 의사의 공식적인 의료 기록 외에도 의사가 남긴 메모까지 전부 제공하겠다는 표시죠. 하지만 한계가 있습니다. 이를테면, 녹색띠 환자는 정신과 상담 내역을 공개하지 않습니다."

"뭐야! 지금 내 정신이 이상해서 이런다는 거야?"

"얘기를 끝까지 들어보십시오. 인공지능에 개인 정보를 공개하는 '공개자'에게도 등급이 있습니다. 녹색 공개자는 선별적으로 정보를 제공합니다만, 그보다 높은 청색 공개자는 살면서 남기는 모든 기록을 전부 공개합니다. 만약 환자분께서 청색띠를 차고 계셨다면 아드님과 어떤 사이인지, 재산 관리 상태는 어떤지, 주변에서 평하는 성격은 어떤지 모조리 저희 인공지능 의사에게 전달됐을 겁니다. 그러면 문병 오신 아드님이 환자분 상태에 어떤 영향을 줄지 예측할 자료가 마련됐겠죠. 더 나아가서 아드님의 문병 자체를 건강상 이유로 막을 수도 있었을 겁니다."

영환이 물었다.

"사람이란 게 드러내고 싶지 않은 일 투성이일 수도 있는데, 그걸 전부 공개하라고?"

"물론 결정은 어디까지나 환자분께서 하실 일입니다. 사람마다 더 중요하게 여기는 가치가 다르니까요. 건강을 최우선으로 삼든, 개인사를 묻어두는 쪽을 선택하든 전적으로 환자분 마음입니다. 어떡하시겠습니까? 녹색띠 서비스를 유지하시겠습니까, 아니면 청색띠로 업그레이드하시겠습니까? 연회비는 올라갑니다만 인공지능 의사가 환자분의 상태를 더 정확히 예측할 수 있을 겁니다. 늘 그렇듯 보안은 철저하게 지켜드리니 걱정하지 않으셔도 됩니다."

○

2018년에 "인공지능이 환자의 사망 시기를 예측"할 수 있다는 기사가 발표됐다. 이 기사는 《네이처》지에 발표된 논문에 근거하고 있다. 해당 논문은 의사의 메모를 포함한 환자의 전자 건강기록을 구글사에서 제공하는 자료 포맷에 맞춰 변환하고 의료 인공지능의 학습 자료로 사용한 결과를 알려준다. 그 결과는 여러 가지로 활용될 수 있다. 예를 들어 환자의 입원 기간과 퇴원 시기를 예측할 수 있고, 필요한 검사를 미리 준비하거나 긴급 상황에 대처할 수도 있다. 사망 위험이 높은 시기를 예측하는 것도 그 활용 방법 중 하나다. 물론 목표는 어디까지나 환자가 치명적인 상황에 이르지 않도록 하는 데에 있다.

현재 집중적으로 개발되고 있는 인공지능은 방대한 자료

가 준비돼야 원하는 결과를 도출할 수 있다. 개인에게 특화된 결과를 얻으려면 개인에게 고유한 정보를 최대한 많이 제공해야 하는 것도 그 까닭이다. 의료 기록도 분명 사생활의 영역이긴 하지만 제대로 된 예방과 치료를 위해서라면 정보 제공을 감수할 사람은 점점 많아질 것으로 보인다.

하지만 인공지능을 활용한 각종 산업형 서비스 역시 개인과 관련된 정보를 모으기 위해 점점 적극적으로 달려들 것이다. 내가 SNS에 남겼다가 지운 수많은 글뿐 아니라 친구와 나눈 잡담들, 평생에 걸쳐 해 온 선택과 행동까지 전부 자료가 되고 인공지능에 입력되는 날이 온다면, 과연 '나'라는 정보를 제공하고 얻을 대가가 얼마나 가치 있을지 본격적으로 고민해봐야 할 것이다. ㉿

인공지능에게 거짓말 가르치기

"오늘 수업에서는 영화 〈2001 스페이스 오디세이〉에 나왔던 인공지능 '할(HAL) 9000'에 대해 생각해봅시다. 이 컴퓨터는 왜 우주선에 같이 탄 탐사대원들을 죽였을까요?"

"자기가 지구 본부에서 받은 명령과 동료들이 서로 모순을 일으켜서죠."

"어떤 모순이죠?"

"지구에서 알려준 정보를 탐사대원들에게는 숨겨야 했기 때문입니다."

"그렇다고 죽이나요?"

"어… 탐사대원들이 자꾸 물어보니까 그런 거 아닐까요?"

"아니죠. 동면하고 있던 탐사대원들도 죽었는데, 그 사람들은 질문을 하지도 않았잖아요."

"…"

"자, 이 인공지능이 처한 상황을 정리해봅시다. 처음에 지구에서 출발할 때, 인간 탐사대원들을 도와 같이 임무를 수행하도록 명령을 받았습니다. 그리고 그 과정에서 필요한 정보를 모두 공유하라고 했고요. 그런데 목적지에 정체불명의 외계 물체가 있다는 사실은 도착 전까지 숨기라고 따로 지령을 받았단 말이죠. 그래서 인공지능이 논리적으로 모순된 상황에 빠진 거예요."

"그러면 도착 전까지는 그 사실을 얘기하지 않으면 되는 거 아닌가요?"

"우주 탐사라는 특수하고 위험한 환경에서 인공지능은 당연히 인간에게 최대한 협조해야 합니다. 필요한 정보 공유는 인공지능이 태어날 때부터 의무사항으로 설정되어 있는 거죠. 그런데 외계물체의 존재를 모르는 인간 탐사대원들이 탐사 준비하는 걸 보면 인공지능 입장에서 이것저것 지적을 해줘야 하지만, 그러면 숨긴 정보를 알려줄 수밖에 없죠. 이런 논리적 모순을 인공지능 혼자서 안고 고민하다가 극단적인 해결책을 내린 겁니다. 즉 모순의 원인을 근본적으로 제거하려 한 거죠. 자, 이와 비슷한 일이 현실에도 있을까요?"

"…그런 SF를 참고해서 인공지능을 만들면 현실에서는 일어나지 않을 일인 것 같은데요."

인공지능에게 거짓말 가르치기

"논리적 모순이라는 상황이 과연 없을까요? 예를 들어 담배에 대해서 생각해봅시다. 담뱃갑에는 금연 문구가 들어 있죠?"

"네!"

"담배를 만들어 파는 곳에서 금연 캠페인을 한다는 사실을 인공지능에게 어떻게 납득시키죠? 담배를 피우라는 건가요, 말라는 건가요?"

"…"

"술을 마시면 사고를 쳐도 심신미약이라고 법적으로 좀 봐주게 되어 있죠. 그렇다면 왜 술을 전면 금지하지 않냐고 인공지능이 물어보면 뭐라고 대답하죠?"

"술이나 담배는 기호품이라고 해서 사람이 그걸로 스트레스를 풀기도 하잖아요. 꼭 나쁘기만 한 건 아니죠."

"인공지능에게는 좋다, 나쁘다란 판단 기준이 없어요. 수학적으로 최적화를 추구할 뿐이죠. 최적화되지 않고 비효율적인 상황이 필요하다는 걸 인공지능에게 어떻게 이해시킬까요?"

"…원래 인간이 그런 존재라는 걸 납득시켜야겠네요."

"맞아요. 인공지능은 우리 인간이 수학 원리를 바탕으로 만든 거지만, 정작 인간은 그런 원리로 행동하지 않죠. 과연 이런 간극을 그대로 놓아둔 채로 인공지능이 우리 사회에 잘 수용될 수 있을까요?"

"그러면 인공지능에게 적용되는 연산 논리를 다르게 짜야 하지 않을까요? 수학적으로 최적화되도록 하는 게 아니라 뭔가 다른 기준의 최적화를 따르게 말이에요."

"그 다른 기준이 뭐가 될 수 있을까요?"

"그건… 연구를 해봐야겠지요."

"사실은 수학적 원리로 최적화를 추구하도록 해도 몇 가지 변수를 미리 정해주면 됩니다. 예를 들어 담배나 술을 전면 금지하면 당장 그와 관련된 일에 종사하는 사람들이 모두 실직자가 될 테니 사회적으로 엄청난 비효율이 발생하겠지요. 또 기호품을 구하지 못하게 된 사람들 때문에 범죄율이 올라갈 수도 있고요. 만약 사회에서 특정 기호품을 영원히 퇴출시키려 한다면 장기간에 걸쳐 비효율이 최소화되는 방법을 계산해내라고 인공지능에게 명령을 내릴 수 있겠죠. 다른 문제들도 마찬가지고요.

결국 충분한 데이터, 즉 빅데이터와 충분한 계산 용량을 갖춘 인공지능이라면 논리적 모순처럼 보이는 문제들도 대부분 해결할 수 있을 겁니다. 그러면 얼마든지 인공지능이 거짓말을 할 수도 있겠죠. 하지만 그런 식의 해결로 끝이 날까요? 인공지능이 어느 날 우리 인간이 변해야 한다고 말하는 날이 오지 않을까요?"

인공지능에게 거짓말 가르치기

○

　스스로 자아라는 의식을 지니고 주체적으로 판단하는 인공지능을 '강한 인공지능'이라고 한다. 알파고나 왓슨 등 현존하는 모든 인공지능들은 본질적으로 전자계산기와 다를 바 없는 '약한 인공지능'이다. 그러나 컴퓨터공학이 계속 발전하면 강한 인공지능의 출현은 필연적이다.

　〈스타 트렉〉의 데이터 소령이나 〈A.I.〉의 데이비드처럼 여러 SF에서 묘사되는 강한 인공지능은 인간을 학습하고 모방하려는 모습을 보인다. 과연 그들에게 인간은 얼마나 훌륭한 모범이 될 수 있을까? 충분히 성숙한 강한 인공지능은 언젠가 인간에게 놀라운 제안을 하게 되지 않을까? ㉯

안드로이드는 전기양의 꿈을 꾸는가?

필립 K. 딕 지음, 박중서 옮김, 폴라북스, 2013

영화 〈블레이드 러너〉의 원작으로 유명한 작품. 영화판에서 깊이 다루지 않았던 사회상이나 정서 등의 묘사가 더 디테일한 편이다. 인조동물, 종교, 우주 진출 등등. 물론 큰 주제는 영화판과 마찬가지로 안드로이드를 통해 '인간다움이란 무엇인가'라는 근원적인 성찰을 하는 것이다.

소프트웨어 객체의 생애 주기

테드 창 지음, 김상훈 옮김, 북스피어, 2013

휴고상, 로커스상 중편 부문 최우수상 수상작. 학습 능력을 갖춘 인공지능이 사회 속 존재로 거듭날 수 있는 길목에서 인공지능에 대한 가치관이 어떻게 충돌할 수 있으며 인간이 얼마나 비인간적일 수 있는지 보여주는 작품이다. SF에 익숙한 독자에게 권한다.

3장

인간의
새로운
형태란

결정론은 우리 미래가 처음부터 정해져 있다는 주장이다. 자유의지론은 그와 정반대로 정해진 것은 아무것도 없으며, 매 순간 우리의 결정과 선택이 현재와 미래를 만들어 나간다는 관점이다.

후자가 훨씬 긍정적이고 진취적이라는 데에 반대할 사람은 없을 것이다. 하지만 삶이 어디 그런가. 어쩔 수 없이 뜻을 굽혀야 하고, 예상하지 못한 상황이나 인연과 맞닥뜨리다 보면 이미 다 쓰인 대본 안에서 정해진 대로 움직이는 배우가 된 기분도 들게 마련이다.

육체와 정신이라는 두 요소는 비록 과학적으로 정의된 개념은 아니지만 관습적으로는 '나'를 구성하는 두 측면이다. 삶의 노선에 결정론과 자유의지론이 있듯이 우리는 오래전부터 육체

SF

와 정신을 두고 모순된 태도를 함께 지니고 살아왔다. 기술로 육체적 정신적 장애를 없애는 데에 반대할 사람은 없겠지만 장애가 없는 '비장애'란 어떻게 정의할 수 있을까? 육체와 정신이란 신성불가침하며 기술을 통해 보완하거나 강화하면 안 되는 것일까? 그렇다면 학습 효과나 지능을 향상시킨다는 온갖 기구와 식품이 꾸준히 등장하는 건 왜일까? 안전이 보장된다는 전제하에 우리는 그보다 더 적극적이고 직접적인 '나'의 개선을 언제까지고 거부할 수 있을까?

이 장에서는 그런 문제들을 상상해본다.

첨단 거울 속의 나

형규는 김이 피어오르는 커피 잔에 손도 대지 않은 채 상담 직원인 원철에게 말했다.

"분석 결과가 나왔다고 해서 왔습니다."

원철은 어려 보이는 외모와 달리 수많은 고객을 상대해본 것처럼 조금도 당황하지 않았다. 그는 반투명 전자패드를 펼치고 자료를 천천히 넘겨 보더니 활짝 웃으며 대답했다.

"결과를 바로 원하시는 거죠? 하지만 정해진 절차가 있어서 고객님 시간을 조금 더 빼앗아야 할 것 같습니다. 제대로 설명을 하지 않았다가 클레임이 걸리는 경우도 많고, 잘못하면 벌금까지 물 수 있으니까요. 제 동료는 며칠 전에 사전 설명을 조금 생략했다가 화가 난 고객께 맞았지 뭡니까. 아무래도 얼굴이 업무 자산의 절반이다 보니 전 그런 일을 당하고 싶지는 않습니다."

형규는 애써 마음을 가라앉히며 커피로 손을 뻗었다. 폭행만은 무슨 일이 있어도 피해야 했다. 형규는 맛도 모른 채 커피를 한 모금 마시면서 원철을 향해 고개를 끄덕였다.

"그럼 허락을 받은 걸로 알고 계속하겠습니다. 고객님의 뇌 분석은 총 네 개 영역에 걸쳐 진행됐습니다. 네 개 영역이란 감각수용, 운동제어, 사고판단, 기억자아입니다. 뇌를 소프트웨어로 개선하는 데에 있어 가장 먼저 분석하는 건 각 영역의 개선 적합도입니다. 저희 회사는 뇌의 각 영역을 소프트웨어 모듈로 대체하고 개선할 수 있다고 광고하죠. 하지만 모든 뇌를 다 개선할 수 있는 건 아닙니다. 억지로 수행했다가는… 간단히 말해서 뇌와 육체가 영원히 분리되는 지경에 이를 수도 있거든요."

형규는 원철이 끔찍한 결과를 에둘러 표현했다는 점을 깨달았다. 뇌와 육체가 분리된다는 건 죽거나 식물인간이 된다는 뜻 아닌가.

"꼼꼼하게 분석해야 한다는 건 잘 알아들었습니다. 부작용이 클 수 있으니 조심해야 한다는 것도 알겠고요. 그럼 내 분석 점수는 어떻게 됩니까?"

"고객님은 수치계산 능력을 증강시키는 모듈을 뇌에 설치하고 싶으셨죠? 사고판단 영역도 강화시켜서 더 이성적인 사람이 되고 싶다고 하셨고요. 자, 이제 결과를 말씀드리겠습니다. 분석을 해본 결과 고객님의 총 적합도는 100점 만점에 91점입니다. 감각수용 능력은 상위 5퍼센트에 들 정도로 아주 뛰어나고요. 하지만 유감스럽게도 최종 허가는 적합도만으로 나오지 않습니다."

형규는 결국 참지 못하고 얼굴을 붉히면서 목소리를 높였다.

"그럼 허가가 나오지 않았다는 겁니까? 이유가 뭐죠? 더 나은 사람이 되겠다는데, 이제 좀 사람처럼 살아보겠다는데 그럴 수 없다는 얘깁니까?"

원철은 상담하다가 얼굴을 맞았던 동료가 떠올랐는지 몸을 조금 뒤로 젖히고 말을 이었다.

"허가는 받으실 수 있습니다. 단 조건부 허가가 될 겁니다. 조건에 동의하시고 시술 비용을 지불하시면 주문하신 두 가지 소프트웨어 모듈이 뇌의 각 부분에 삽입될 겁니다."

"그럼 조건이 뭔지 어서 말해봐요!"

"소프트웨어로 뇌를 개선하는 건… 보는 사람에 따라 다르겠지만 사람 자체를 바꾸는 행위일 수도 있습니다. 기술로 사람의 본성을 바꾼다는 게 무슨 뜻일까요? 사회적으로는 어떤 의미가 있을까요? 고객님, 아시다시피 우리는 사회의 일부입니다. 그리고 사회 속 평가란 개인의 역사와 직결되죠. 뇌 기능은 강화시켜드릴 수 있습니다. 원하시는 대로 일부 기억을 삭제해드릴 수도 있어요. 하지만 법에 따라서, 소프트웨어로 개선하기 전의 기억은 자료가 되어서 영구적으로 국가 데이터베이스에 남을 겁니다. 최형규 님이라는 인물의 법적 권리 제한은 영원히 그 기록에 종속될 겁니다."

형규는 원철의 말이 무슨 뜻인지 아는 순간 깊이 좌절했다. 원철은 형규의 심정을 모르는 것처럼 결론을 한 번 더 요약해주었다.

"고객님은 분석 결과 공감 능력이 현저히 떨어지는 고도 소시오패스로 판명됐습니다. 저희 서비스를 받으시면 이 사실이 과거 전과기록과 더불어 영원히 경찰청 데이터베이스에 남을 겁니다. 그래도 받으시겠습니까? 주문을 철회하시면 오늘 상담한 내용과 분석 결과는 완전히 폐기해드리겠습니다."

○

인간을 하나의 물리적 객체로 보는 연구 활동은 아주 오래전부터 시작되었다. 우리는 그 누구보다 우리 자신에 대해 궁금해하고, 질병과 고통과 부조리로부터 벗어나고 싶어 하기 때문이다. 연구 대상에는 인간의 두뇌도 예외가 될 수 없다. 두뇌역시 오랜 시간에 걸쳐 지구상에서 일어난 진화의 물리적 결과물인 만큼 언젠가는 그 활동과 기작이 모조리 밝혀질 것이다. 최근 정보통신기술과 인간의 두뇌를 직접 연결시키려는 노력이 활발한 것도 그런 흐름에서 파생된 것으로 보인다. 급진적인 미래학자들은 이런 연구 끝에 인간이 육체를 벗어나 사이버스페이스와 기계 몸체로 옮겨 타리라고 예측하기도 한다.

하지만 실체를 낱낱이 파헤치는 것만으로 끝나는 일은 없다. 하물며 그 대상이 우리 인간의 의식 그 자체임에야 두말할 필요가 있을까. 우리가 지극히 나약하면서도 그와 동시에 강인한 존재라는 건 역사와 현재를 통해 꾸준히 드러나고 있지만, 아직도 우리는 우리 자신을 대하는 데에 서투르다. 이제 과학과 기술이 새롭게 드러내는 우리의 참모습을 얼마나 인정하고 정책적으로, 사회적으로 적용할지 고민해야 할 시점이 점점 다가오고 있다. ㉿

새 출발은 인공지능과 함께

"마음의 준비는 되셨습니까?"

인지신경과 의사인 하민철은 걱정스러운 눈으로 환자 서연수를 바라보았다. 서연수는 시술용 의자에 파묻혀 있었다.

서연수는 어깨 근육이 팽팽해질 정도로 긴장하고 있었지만 하민철에게 그 긴장은 오히려 좋은 신호였다. 환자의 의식이 현재에 머물러 있다는 신호이기 때문이다.

서연수는 심호흡을 한 다음 고개를 끄덕였다.

"그럼 마지막으로 한 번 더 확인하겠습니다. 환자는 지금 반(半)인공지능 결합 시술을 하기 위해 미래병원 신경외과 수술실에 있습니다. 이 사실을 알고 계십니까? 알고 계시면 그렇다고 대답해주시면 됩니다."

서연수가 눈을 감은 채 말했다.

"저는 반인공지능 결합 시술을 하기 위해 와 있고 그 사실을 알고 있습니다."

"반인공지능 결합 시술을 받으면 부작용으로 성격이나 사고방식이 영향을 받을 수도 있다는 점 역시 알고 계십니까?"

"부작용에 대해 잘 알고 있습니다."

"이제 나노머신들이 환자의 머릿속으로 흘러들어갈 겁니다. 이 머신들은 주로 단기 기억을 관장하는 뇌 부위를 보조하게 됩니다. 기억은 그 자체로 우리 의식의 일부를 담당하기 때문에 동영상을 촬영하듯 기계적으로 기록해서는 안 됩니다. 따라서 늘 기억을 분석하고 가려내는 인공지능이 필요하죠. 나노머신이 자리를 잡는 동안 환자는 자신의 옛 기억을 타인의 시각으로 보게 됩니다. 그후에도 의식의 통일성을 획득하려면 적응이 필요하고요. 그럼 시작하겠습니다."

서연수는 영화에서 보았던 것처럼 끔찍한 충격이 몰려오지 않을까 겁을 먹었다. 하지만 고통스럽다 해도 견뎌야 할 과정이었다. 마흔셋에 알코올성 치매가 발병한 뒤로 서연수라는 존재는 말 그대로 무너졌다. 잦은 건망증으로 시작해 제 집조차 못 찾아가는 지경에 이르는 동안 연수는 일자리를 잃었고 모든 인간관계가 끊어졌다. 가끔씩 제정신이 돌아올 때면 그사이에 벌어진 일들 때문에 좌절하고 주저앉기를 반복했다. 의사의 말대로 나노머신들이 머릿속에서 제자리를 잡아가는 중인지 연수는 다시 돌이키기 싫은 옛 모습들을 처음부터 끝까지, 모조리 한 번 더 경험했다.

눈은 언제 뜨면 될까. 내 머릿속에 들어온 인공지능이 알려주는 걸까? 의사가 따로 신호할 때까지 이대로 있어야 하는 걸까? 혹시 걱정하던 대로 부작용이 생겨서 식물인간이라도 된 건 아닐까? 그동안 시간이 흐르고 흘렀지만 전혀 인식하지 못한 채로 안락사에 이르는 건 아닐까?

연수가 온갖 불길한 상황을 상상하고 있을 때 무언가 부드러운 물체가 뺨을 두드렸다. 연수는 눈을 떴다. 간호사가 얼굴에 잔뜩 흐른 땀을 닦아주고 있었다.

하민철이 연수를 똑바로 바라보며 웃고 있었다.

"뇌파 측정과 피드백 확인까지 전부 마쳤습니다. 반인공지능 결합 시술은 성공적으로 끝났습니다. 이제 불시에 퇴행이 찾아오지 않을까 걱정하지 않으셔도 됩니다."

의사는 시술이 성공이라고 했지만 연수는 기묘한 감정에 사로잡혔다. 두뇌에 나노머신이 삽입되었다는 사실, 자신이 병원 수술실에 있다는 사실이 마치 남의 일처럼 느껴졌기 때문이다.

"아까 말씀드렸다시피 당분간 냉정한 사람이 된 것처럼 느끼실 겁니다. 무서워하실 것 없습니다. 그거야말로 결합 시술이 성공했다는 증거니까요. 앞으로 인공지능을 자아의 일부로 받아들이는 통합 훈련을 받게 될 겁니다. 통합 훈련이 성공적으로 끝나려면 인생의 목표를 하나 정하는 게 좋은데요. 혹시 계획하신 것 있습니까?"

연수는 치매가 발병한 이후 자신을 떠나갔던 사람들을 떠올렸다. 두뇌가 정상으로 돌아왔다 해도 과거는 이미 삭제된 거나 마찬가지였다. 연수는 수술을 받기로 결정한 날부터 세워 두었던 목표를 말했다.

"화성 개척지에서 새 삶을 시작하려고요."

○

우리 삶을 구성하는 환경이 달라지고, 과학과 의학이 발달하고, 수명이 늘어나면서 인간의 장단점과 한계를 직시하는 계기가 늘어나고 있다. 우연인지 필연인지 때를 같이해 인공지능이라는 개념이 과학계와 산업계를 두루 휘젓는 중이다. 인공지능은 우리 마음속 깊은 곳에 자리 잡고 있던 공포를 눈앞으로 끌어내었다. 우리가 만든 창작품에 우리가 가진 것을 빼앗길지도 모른다는 공포. 가깝게는 일자리와 노동력, 멀게는 인간 고유의 영역 전부를 인공지능이 대체할지도 모른다는 얘기가 곳곳에서 흘러나온다.

첨단 사업을 이끄는 유명 경영인들도 인공지능을 논할 때면 두 파로 나뉜다. 인공지능의 위험을 경고하는 측과 낙관론을 펴는 측이다. 물론 양측 모두 자신이 벌이는 사업에 이익이 되는 주장을 내세우는 게 현실일 것이다. 이 중 우주개발업체 스페이스엑스와 전기자동차 제조사 테슬라를 대표하는 일론 머스크는 경고파에 속한다. 그는 '인공지능에 밀려나지 않으려면 인간이 인공지능과 결합해 공진화를 해야 한다'라고 주장한다. 이 역시 본인의 사업적인 비전을 염두에 둔 발언으로 보이지만, 한편으론 진지하게 고민해볼 여지가 있는 주장이기도 하다.

과학은 세상을 객관적으로 이해하기 위해 태어난 학문이고, 기술은 인간에게 도움을 주기 위해 탄생했다. 하지만 그 어느 쪽에도 인간이 불변이어야 한다는 조건은 없다. 과학과 기술은 인간의 의식을 확장시켜주는 건 물론이고 의식이 담긴 그릇, 즉 육체를 보완하고 확장시키는 역할까지 하게 될 것이다. 그런 미래를 맞이하기 위해 필요한 것은, 고전적인 의미의 인간 자신도 달라질 수 있다는 마음가짐이다. ⑳

새 출발은 인공지능과 함께

날카로운 새 가위를 손에 쥐고서

"서울경찰청 생체공학범죄 수사부 고여진 형사와 차명수 형사입니다."

인터폰에 대고 신분을 밝힌 차명수는 말을 마치고 숨을 몰아쉬었다. 차명수보다 한참 선배인 고여진은 긴장한 후배를 보며 쓸쓸하게 웃었다.

차명수가 발령받은 지 한 달밖에 안 됐다는 점을 감안하면 그리 이상한 일도 아니었다. 두 사람이 찾아온 범죄 현장은 재계 12위인 청서그룹 창립자의 하나뿐인 손주, 이세연의 여러 집 중 한 곳이었다.

명수는 내심 기대하고 있었지만 두 사람이 거실에 도착할 때까지 수상한 사람은 볼 수 없었다. 잠시 후 전동 휠체어에 탄 이세연이 모습을 드러냈다.

이세연, 28세. 여진이 용의자의 나이를 떠올리고 외모를 관찰하는 동안 명수가 디지털 수색영장을 들이밀었다.

"상기인이 유전자시술법을 위반했다는 정보가 있어 수색영장을 집행할 예정입니다. 협조하지 않을 시…."

이세연은 무릎을 덮고 있던 얇은 담요를 걷어내고 가볍게 일어서더니 옆에 있는 긴 의자에 앉았다.

"역시 휠체어는 불편해요. 변호사들은 안 앉아봐서 모른다니까. 필요한 게 있다면 얼마든지 협조하고 자백하겠습니다. 이 자리에서 전부 털어놓으면 빨리 끝낼 수 있다고 들었는데요? 녹음이든 뭐든 해주세요."

명수가 당황해서 눈을 크게 뜨고 쳐다보자 여진이 한숨을 쉬며 고개를 끄덕였다.

이세연은 명수가 탁자에 내려놓은 자백 인증용 카메라를 보고 담담하게 말했다.

"저 이세연은 다섯 가지 유전자 편집 시술을 받았습니다. 시술한 기술자는… 도망친 것 같군요. 그 가운데 세 가지는 집안 내력인 유전병 인자를 제거하는 시술입니다. 자세한 사항은 별도 자료로 제출하겠습니다만 이미 합법화된 시술로 알고 있습니다. 나머지 둘은 위법일 겁니다. 지능을 높여주는 시술과… 또 하나가 뭐였더라… 아, 언어구사 능력을 향상시키는 시술입니다. 언젠가 태어날 제 아이를 위한 시술이죠. 이것도 위법임을 충분히 입증할 수 있는 자료로 지금 형사님께 제출하겠습니다. 더 남은 게 있던가요? 일정도 넉넉히 비워 뒀으니 현행범으로 체포하겠다면 바로 따라가겠습니다."

명수는 차의 룸미러로 뒷좌석에서 잠들어 있는 이세연을 흘끗 쳐다보고 말했다. 앞좌석과 뒷좌석 사이는 소리를 완전히 막아주는 차음 유리가 가로막고 있다.

"선배, 뭐가 어떻게 돌아가는 거죠? 제가 신참이라 아직 적응을 못하는 건가요?"

"시대가 변해 가는 도중이라 그런 거야. 지금 당장은 법으로 타고난 능력을 향상시키는 시술은 못하게 돼 있지. 그런데 어기면 어떻게 될까. 원상 복구시킬 순 없어. 사람 능력을 저하시키는 시술도 불법이거든. 남는 건 적지 않은 벌금인데, 얼마가 됐든 내고 전과가 남아도 상관없고 언론에 나가도 상관없다잖아. 비용까지 생각하면 이토록 뻔뻔하게 시술을 받을 수 있는 건 저런 자들밖에 없겠지. 지금은 그래."

여진은 자율주행차의 네비게이션 화면을 습관적으로 확인하고 덧붙였다.

"내년엔 법이 바뀔지도 몰라. 앞으로 계속 바뀔 수도 있고. 시민부터 철학하는 사람들까지 계속 싸우고 있으니 언젠간 결론이 나겠지. 우리는 그때 그때 현행법을 어긴 사람을 찾고 신병을 확보할 뿐이야."

○

'유전자가위'라는 용어로 더 잘 알려진 '크리스퍼 캐스 9'(CRISPR-Cas9) 기술은 유전자 편집을 현실 영역으로 한층 더 끌어당겼다. 크리스퍼 시스템을 임의로 편집하면 사람의 선천적인 특성을 유전자단에서 바꿀 수 있다. 또한 신생아의 배아 속 유전자를 직접 편집해 이른바 '맞춤형 아기'를 낳을 수도 있다. 상상 속 기술이 현실에 접근하면서 그에 따른 윤리 문제 또한 더는 외면할 수 없는 곳까지 다가온 것이다.

정확하고 부작용 없는 유전자 편집은 아직 불가능하지만, 독립 단체인 영국 너필드생명윤리위원회(Nuffield Council on Bioethics)가 미래에 우리 모두가 당면할 윤리적 문제에 대해 보고서를 내놓았었다. 보고서는 조심스러운 예측으로 가득하다. 위원회는 긍정적인 시술, 예를 들어 치명적인 유전질병 요인을 배아에서 제거하는 시술은 별 문제를 일으키지 않을 것으로 본다.

문제는 질병 차단 수준을 넘어서는 유전자 편집이다. 극단적인 기후에 적응하기 쉽도록 만들거나, 감각수용력을 높이는 등 인간의 신체 능력을 향상시키는 시술이 이에 해당한다. 보고서는 이 문제에 대해 중립을 지킨다. 즉 권장하지도 않고 비윤리적이라고 분류하지도 않는다. 현실적으로 민감한 문제이기도 하지만, 이는 결국 '더 나은 사람'의 정의와 연결되는, 매우 본질적이고 중대한 문제와 직결되기 때문이다.

유전자 편집뿐 아니라 정보통신기술과 뇌과학 등 첨단 학문과 기술은 곧 우리 스스로 인간과 사회의 본질 및 한계를 재정의하게 만들 수밖에 없다. 힘을 주어 말하고 싶은 부분은 '곧'이다. 구태의연한 기준과 편견으로 자신에게 족쇄를 채울 때는 지났다는 얘기다. 지금은 그보다 두 눈을 크게 뜨고, 다른 이가 아니라 우리의 능력이 열어준 새 가능성을 꼼꼼히 들여다봐야 할 시점이다. ㉖

데이터로 이루어진 너

미래의 고객님께,

안녕하십니까. 미디어 시행령 7조 8항에 의거, 이 멀티미디어 메일이 광고임을 우선 알려드립니다. 하지만 동조 11항에 의거, 본 내용의 첫 항목까지 읽지 않으면 삭제되지 않음도 상기해 주시기 바랍니다.

저희 '셀레스트 데이터'(이하 셀레데이터)는 잊고 싶지 않은 사람을 되살려주는 업체입니다. (여기까지 읽으셨으면 버튼을 눌러 즉시 이 광고를 삭제하실 수 있습니다.)

계속 읽어주셔서 감사합니다. 그럼 이제부터 본격적으로 저희 셀레데이터가 제공하는 서비스를 소개하겠습니다.

고객님은 한때 유행했던 빅데이터라는 용어를 알고 계실 겁니다. 당시 빅데이터를 내세웠던 업체들은 빅데이터가 인류의 난제를 여럿 해결하고 더 합리적인 정책 결정과 복지까지 이끌어낼 수 있다고 홍보했습니다. 어느 정도 과장은 있었지만 빅데이터는 소기의 목적을 달성했습니다. 긍정적으로는 경제활동을 활발히 만드는 효과가 있었고, 집단 정신질환이나 미디어 종속성에 따른 폐해를 막는 의학적 효과도 보여준 바 있습니다. 반면에 빅데이터의 결과를 교묘하게 왜곡해 부정적인 여론을 형성하려는 집단도 있었고, 선거에 영향을 줄 수 있는 가짜 데이터를 조직적으로 생산하려던 조직도 있었습니다. 이런 일련의 역사를 거치면서, 비록 빅데이터라는 용어는 사라졌지만 그 개념은 보이지 않는 삶의 배경에 완전히 녹아 있습니다.

이처럼 옛 용어를 다시 되새기는 것은, 저희 셀레데이터가 또 하나의 빅데이터 기업이라는 오해를 피하기 위함입니다.

저희가 추구하는 것은 오히려 스몰데이터에 가깝다고 볼 수 있습니다. 그 결과는 앞서 말씀드린 대로 더 이상 고객 여러분의 곁에 존재하지 않는 사람을 되돌려드리는 것입니다.

우리는 여러 가지 이유로 이별을 합니다. 대표적으로 수명을 다하거나 사고를 당해 이 세상을 떠나는 사람들이 있습니다. 오랜 시간 사랑을 속삭이고 하나의 미래를 꿈꾸다가 사소한 문제가 불거져 끝내 헤어지고 만 연인도 있습니다. 어떤 이는 그런 이별을 운명이라 불렀습니다. 삶이란 본래 그렇다며 체념하고 애써 아픔을 다독이는 사람들도 적지 않았습니다.

그런데 잠시만요. 우리가 지금 어떤 시대에 살고 있습니까? 운명이라는 우상을 과학과 기술로 타파해 가는 시대가 아니던 가요? 저희 셀레데이터는 바로 그 점에 착안했고, 바야흐로 이별조차 기술로 되돌릴 수 있다는 결론을 내렸습니다.

셀레데이터는 떠나간 분의 데이터를 전부 수집합니다. 개인정보보호법 때문에 제약이 있지 않으냐고요? 저희는 전적으로 합법적인 활동만을 합니다. 저희가 개발한 간접자료 연역기법을 이용하면 떠나간 사람이 좋아하던 음악, 좋아하던 장소, 좋아하던 분위기, 좋아하던 향수, 선호하던 음식은 물론이고 그분의 소비 및 창작 활동의 패턴을 도출할 수 있습니다. 셀레데이터에 근무하는 뇌과학과 인지행동과학의 전문가들은 그런 패턴과 다량의 데이터를 종합, 분석해서 떠나간 분의 '인격'을 만들어내어 두 가지 인격 제품을 제공하고 있습니다.

떠나간 사람이 남겼던 향취와 추억만 간직하고 싶다면 '로즈메모리'를 추천합니다. 이 제품을 구입하시면 평소에 즐기는 음악과 방송 목록에 떠난 이가 좋아하던 것들이 삽입되고, 기념일에는 그분이 사곤 했던 물건이 배달되고, 식당에 들르면 그분이 자주 주문하던 음식이 서비스로 제공될 것입니다.

더 직접적인 복구는 불가능하냐고요? '그린오토마타'는 그런 분들을 위한 제품입니다. 저희 셀레데이터는 수집한 데이터와 패턴으로 시뮬레이션 인격을 만들 수 있습니다. 그린오토마타는 떠나간 사람과 똑같이 생긴 안드로이드에 시뮬레이션 인격을 심은 제품입니다. 떠나간 사람이 되돌아와서 여러분과 함께 호흡하고 살아갈 수 있는 겁니다. 당연한 얘기지만, 그린오토마타는 사람뿐 아니라 반려동물 형태로도 제공됩니다.

이제 운명이라는 허깨비 때문에 괴로워하고 울 필요가 없습니다. 인구가 점점 줄고 만남보다 이별이 많은 세상에서 사랑하던 존재를 영원히 곁에 두는 건 여러분의 권리입니다.

주저하지 마시고 아래 링크를 눌러 더 상세한 제품 설명을 보시기 바랍니다.

○

두어 해 전, 세상을 떠난 아버지가 레이싱 게임 속에 남겨 놓은 기록을 뒤늦게 확인하며 눈물을 지은 사람의 이야기가 인터넷에서 회자된 적이 있다. 고인의 기록은 게임 속에서 경쟁하는 자동차의 형태로 남아 도로 위를 달리고 있었고, 아들은 아버지가 남겨 둔 자동차의 기록을 차마 앞설 수 없었다고 한다. 이 이야기의 진위 여부는 알 수 없지만 감동에 앞서 시사하는 바가 있다. 어떤 사람이 남긴 데이터가 곧 그 사람의 일부라는 점이다.

현재 우리가 세상에 남기는 데이터는 그리 많지 않다. 외부 세계와 우리를 이어주는 인터페이스가 감각적이고 간접적이며 기록할 수단이 한정적이기 때문이다. 그런데 성적, 일기, 약력, 업적, 인터넷 서점 사이트나 기타 쇼핑몰 사이트에 남은 주문 기록뿐 아니라 지인이 기억하는 우리 모습, 우리가 남긴 말, 행동 등이 전부 기록되고 자료화된다면 이야기는 달라진다. 우리는 이제 점점 데이터베이스의 객체가 되어 가고, 인간의 두뇌 활동은 분석과 재생의 대상이 되는 중이다. 나를 포함한 '우리'가 정보의 형태로 완성되는 순간 인간의 정의는 새로 쓰일 것이다. 그 정의 속에 어리석음과 나약함이 너무 많이 포함되지 않으려면 지금부터 우리 자신을 돌이켜볼 필요가 있을지도 모른다. 김

나를 끄지 말아줘

"8개월 만에 오셨군요. 모니터링 데이터나 어제 받으신 건강 검진 결과는 아주 좋아요. 물론 그걸로 모든 걸 알진 못합니다. 암세포가 발견되지 않고 장기 활동과 호르몬 분비가 정상이라는 건 확인해주지만요."

상담사가 성호와 태블릿을 번갈아 보며 말했다.

"검사복을 제외한 옷과 장신구는 전부 벗어 두고 오셨죠?"

성호가 고개를 끄덕이자 상담사가 책상 위의 제어판을 두드렸다. 작은 작동음이 들렸고, 검사실 문이 저절로 잠겼다.

"제 자격증은 언제든지 온라인에서 확인하실 수 있고요. 이 검사실에서 일어나는 일은 사각이 없는 폐회로텔레비전으로 완벽하게 녹화됩니다. 사생활 침해를 막기 위해서 녹화된 영상은 고객님께 지급된 암호키가 없으면 누구도 재생하거나 편집할 수 없습니다. 마음 편하게 가지시고요. 그럼 팔과 다리에 힘을 빼고 일어서서 검사복을 벗어주세요. 하나씩 해볼게요."

이제 건강검진은 예전보다 훨씬 쉽고 편해졌다. 그보다는 몸의 일부처럼 작동하는 각종 전자장치들을 제거하는 과정이야말로 성호를 긴장하게 만들었다.

"입을 자연스럽게 벌려주세요. 어디 보자, 우측 상악에 이너마이크가 있군요. 분리형이니 꺼낼게요. 좌측 어금니에 있는 구취제거 약물 분사기도 분해할게요."

신체 기구 상담사는 성호가 제출한 목록을 확인하며 익숙하게 지시했다. 귀를 드러내고 고개를 숙여라, 겨드랑이를 볼 수 있게 팔을 들어라, 양 다리를 벌려라. 그럴 때마다 성호의 몸에 붙어 있던 전자장치가 하나씩 제거되었다. 성호의 목록에는 총 11개의 전자장치가 기록되어 있었다.

"자, 이제 뇌파채팅 중계기와 시각효과 부속품들을 몸에서 뗄 겁니다. 소통차단증후군은 없다고 하시니 걱정 안 해도 되겠죠? 심하게 겁이 나거나 공황 상태가 올 것 같으면 미리 말씀해주세요."

성호의 눈 위에 덮여 있는 전자렌즈에는 채팅창 여섯 개가 동시에 흘러가고 있었다. 그것들이 동시에 사라지고 뇌파채팅용 인터페이스 아이콘들까지 전부 자취를 감췄을 때, 온몸에서 식은땀이 스며 나오고 턱이 떨리기 시작했다. 혹시 기절이라도

나를 끄지 말아줘

하지 않을까 걱정했지만 다행히 그런 지경에 이르지는 않았다.

"그 정도면 아주 양호한 편이에요. 요즘 워낙 여러 제품을 몸에 달다 보니 사용자 본인도 잊는 경우가 있거든요. 확인 좀 해볼게요. 아, 역시 하나 더 남았군요. 제거하고 나서 목록에 추가해드릴 테니 저장해 두세요. 자, 끝니다."

갑자기, 세상이 활기를 잃었다. 다리에 힘이 풀리면서 성호가 비틀거렸다. 검사실 안에 생물이라고는 상담사와 자신뿐이라는 사실을 잘 알고 있었지만, 의자와 책상과 검사 장비가 모조리 죽었다는 생각이 성호의 머릿속을 가득 채웠다. 너무나 적막한 세상 속에서 성호는 자신이 혼자라는 점을 더없이 강하게 자각했다.

상담사가 마지막으로 귀에서 뽑아낸 것은 24시간, 365일 힐링용 음악을 아주 작게 재생해 안정적으로 살아가게 해준다는 마이크로 수신 모듈이었다.

"다 됐습니다. 자, 이쪽으로 누우세요. 전자장치들이 적법한지, 서로 간섭은 없는지 검사하려면 두 시간 정도 걸려요. 주무셔도 돼요. 제가 깨워드릴 테니까요. 검사복 입으시고 마음 편히 계세요."

성호는 실오라기 하나 없이 깨끗한 침대 시트가 생명줄이라도 되는 것처럼 움켜쥔 채 몸을 눕혔다. 잠이 올 리가 없었다. 성호는 채팅 동반자 52명과 힐링 음악과 뉴스 채널과 24시간 연예 방송으로부터 완전히 분리되어 있었다. 그는 자신이 관 속에 들어 있는 것 같다고 생각했다. 그리고 상담사가 전자장치를 전부 제자리에 돌려놓아야 다시 살아날 거라고 생각했다.

○

역사적으로 볼 때 지금 우리가 누리고 있는 첨단기술 상당수는 군용으로 개발되었거나, 전쟁에서 이기기 위해 연구된 군사기술 개발과 밀접하게 관련되어 있다. 전쟁이 인류 최악의 비극이라는 점에서 개발 의도가 불순하긴 하나 부인할 수 없는 사실이다. 우리 삶에서 비중을 점점 늘려가는 인터넷도 근원을 따라가면 군용 통신망과 맞닿아 있다.

포스트휴먼, 즉 첨단기술을 이용해 한계를 극복하거나 능력을 확장한 미래의 인간은 어떤 모습일까. 정답은 아무도 모르지만 영화, 과학 기사, 신제품 개발 소식 등을 통해 어느 정도 예상은 해볼 수 있다. 특히 신제품 개발 소식에 이따금씩 등장하는 군용 연구 제품들이 좋은 단서가 되기도 한다.

몇 년 전 양손이 모두 자유롭지 못한 극한 상황, 이를테면 화재 진압이나 군사작전 상황에서 사용 가능한 전화가 선을 보였다. 통화용 마이크 부분은 입속 어금니에 걸친다. 외관으로 보아서는 착용 여부를 알 수 없고 대화에 방해가 되지도 않는

나를 끄지 말아줘

다. 무선으로 연결된 수신부는 달팽이관과 연결되어 진동을 소리로 바꿔준다. 시간이 흐르면 타인과 소통하기 위한 기기는 결국 몸에 부착되거나 체내에 이식되지 않을까 싶다.

신기술과 필요성은 끊임없이 되먹임을 주고받는다. 필요성이 대두되면 기술이 충족시키고, 새 기술이 능력을 보여주면 없던 수요가 생긴다. 개인방송이 점점 늘어나고, SNS가 정말로 '사회' 생활의 일부가 되어버리는 현상을 우리는 실시간으로 목격하고 있다. 그 현상을 가능하게 만들어주는 장비는 아직까진 우리 몸 '바깥'에 있지만, 요구가 많다면 마침내 우리 몸 '안'으로 들어올 수도 있을 것이다. 포스트휴먼이 살아가는 모습과 그가 느끼는 유대감도 결국 기술과 존재 양식이 하나 되어버리는 지점에 나란히 서지 않을까? 그러면 꿈같은 능력만 과장할 것이 아니라 예상되는 부작용과 문제점까지도 새 기준으로 판단할 자세가 꼭 필요할 것이다. 김

유전자 맞춤 아기의 시대

"그 사람 청문회 취소되고 바로 검찰 조사 받는다면서?"

"어 그래. 나도 들었어. 의사가 증거를 공개했다지."

"그런데 그거 공소시효가 지난 일 아냐?"

"아니래. 다른 일로 싸우다가 의사가 엿 먹이려고 확 불어버린 거래."

"예전부터 소문이 돌더니 진짜였구나."

"순진하긴, 당연히 진짜지. 아마 지금 떨고 있는 사람들 많을걸."

유전자 맞춤 아기가 제한적이나마 허용되기 시작하고서 채 10년도 안 지났다. 선천적으로 특정 질병에 취약한 유전자를 지녀 아이 갖기를 망설이던 부모들에게는 복음과 같은 조치였다.

집안 대대로 심장이 약하다, 간이 안 좋다 등의 얘기를 하던 사람들은 환호했다. 더 심한 유전병 때문에 아예 결혼조차 포기했던 사람들은 말할 것도 없었다. 좋지 않은 유전자를 미리 제거한 유전자 맞춤 아기로 2세를 얻을 수 있게 된 것이다.

반대하는 목소리도 적지 않았다. 유전자 조작을 하는 과정에서 지능이나 신체 기능이 남들보다 우수하도록 하는 편법이 틀림없이 나타날 것이라는 주장이었다. 정부는 절대 그럴 일이 없도록 철저하게 감독, 관리하겠다고 했으며, 실제로 매우 엄격한 절차와 인증 과정을 거치도록 해 놓았다. 그렇게 해서 시행된 유전자 맞춤 아기는 의료 복지의 신기원을 열었다는 찬사와 함께 빠르게 제도적으로 자리 잡는 듯했다.

그런데 유전자 맞춤 아기들이 취학 연령에 들어설 즈음부터 소문이 떠돌기 시작했다. 재벌가나 유력 정치인 집안에서 태어난 몇몇 유전자 맞춤 아기들이 처음부터 '유전자 마사지'를 받았다는 것이다. 그 아이들은 원래 집안에 내려오던 선천적 유전 질환이 인정되어 유전자 맞춤 시술을 받을 수 있었는데, 그 과정에서 몰래 더 높은 지능, 월등한 근지구력과 골격을 발현시키는 유전자를 가지게 되었다는 것이다. 유전자 시술 과정은 모두 기록으로 남기는 것이 의무였지만 사실 의사를 매수하거나 병원 차원에서 조작한다면 이를 막을 방법은 없었다.

결국 한 종합병원의 의사가 양심선언이라는 명분으로 유전자 맞춤 아기를 낳는 과정에서 이면 거래가 있었다는 점을 폭로하는 사건이 일어났다. 지목된 당사자는 국회의원과 지방자치단체장을 지낸 유명 정치인이었는데, 그런 사실이 없다고 단호하게 잡아뗐지만 의사의 증언이 워낙 구체적이라 결국 청문회가 열리게 되었다. 그런데 폭로했던 의사가 그 정치인과 다른 일로 법적 분쟁을 하는 중이었다는 사실이 알려지면서 여론은 정치인에게 우호적으로 기울고 있었다. 그런 상황에서 의사가 유전자 맞춤 시술과 관련된 비밀 의료 기록을 모두 공개하면서 일거에 상황이 역전된 것이다.

"우리 어쩌지? 그냥 아이를 낳으면 유전병에 걸릴 확률이 50퍼센트인데…."

"괜찮을 거야. 설마 이번 일로 유전자 맞춤 시술 그 자체를 다시 전면 금지시키기야 하겠어?"

"바로 두 달 뒤가 총선이라서 그래. 선거 때마다 다시 금지시키겠다는 공약이 계속 나왔잖아."

"하긴 그 정당이 이번에 의석수가 많이 늘어날 거라고 하지. 정말 어떻게 될까 불안하네."

"만약 다시 금지된다고 해도 법률안 통과되고 그러려면 시간이 좀 걸리니까, 우리 그 전에 바로 아이를 갖자."

"유전자 맞춤 아기 낳으려면 아직 저축을 더 해야 하는데… 그래도 혹시 모르니 당신 말대로 서두르는 게 낫겠어. 그렇게 하자."

○

인간의 유전자 지도를 밝히는 '인간 게놈 프로젝트'가 완성된 것은 2003년이다. 섬세한 유전자 편집을 가능하게 해주는 3세대 유전자가위 기술인 크리스퍼(CRISPR-CAS9)가 2012년에 등장했고, 2017년에는 세계 최초로 미국에서 대사질환을 가진 성인의 체내에서 유전자 편집 시술이 시행되었다. 많은 사람들이 기대하듯이 유전자 편집 기술은 인류의 의료 복지에 새로운 지평을 열어줄 것이다.

그러나 한편으로 이런 유전공학 기술들이 사회에 전면적으로 수용된다면, 지금과는 차원이 다른 유전적 금수저, 흙수저 논란이 일어날 것도 틀림없다.

과학기술의 발달은 늘 우리에게 어려운 선택을 요구한다. 이 과정에서 윤리적 상상력은 계속 새로운 도전에 직면할 것이다. 21세기는 무엇보다도 거대한 시행착오의 시대로 기억될 것 같다. ㉦

낭만과 동경과 설렘의 시대

"어서 오십시오, 채준열 고객님. 재배열 클리닉에 잘 오셨습니다. 사전 주문서를 제출하지 않으셨군요. 상담을 원하십니까?"

준열은 다소 딱딱한 의자에 앉아 눈앞에 떠 있는 입체 영상을 바라보았다. 영상의 주인공은 삼십대 중반 정도로 보이는 젊은이였다. 물론 준열은 젊은이의 이미지 뒤에서 실제로 상담을 제안하는 존재가 인공지능이라는 걸 잘 알고 있었다.

"그래요. 상담을 해보고 결정할 생각입니다."

"그러면 상담사를 선택하셔야 합니다. 모든 상담사는 재배열을 경험해봤으므로 누구를 선택하든 유익한 상담이 될 겁니다. 우선 재배열 이전의 인간 속성을 고스란히 유지한 상담사가 있습니다. 재배열 후 선택할 직업에 맞게 신체 일부를 기계로 대체한 상담사가 있고요. 유전공학으로 노화 지연 시술을 받은 상담사가 있습니다. 마지막으로…."

"당신은 인공지능이지요? 바로 상담할 수 있습니까?"

"예. 인공지능과 상담하고 싶어 하시는 분이 제일 적어서 마지막에 소개드리려 했습니다만, 바로 시작하시죠. 채준열 고객님은 현재 110세이고, 재배열 후 목성의 위성인 유로파로 이주하실 계획이군요. 그러면 기계 신체로 교체하시는 건 필수이고요. 남은 건 재배열 시 정신을 어떻게 편집할지 결정하는 일입니다. 원하는 바를 말씀해보시죠."

상담이 끝나면 미래의 자신을 재정의해야 하기 때문에 준열은 근 1년 가량 신중하게 골라 놓았던 질문을 던졌다.

"기계 몸에 들어가는 전자두뇌는 육체의 두뇌가 품고 느낄 수 있는 모든 것을 재현한다고 들었습니다. 신체 반응과 즉각 연계되는 감정 상태를 시뮬레이션하는 거야 어렵지 않겠죠. 하지만 오랜 세월을 살면서 누적되는 생각이 있지 않습니까? 이를테면 사랑에 대한 관념은 사람마다 천차만별이죠. 그건 어떻게 재현합니까?"

"아시다시피 재배열은 육체뿐 아니라 정신까지 새로 만드는 과정입니다. 그 과정에서 약간의 변형은 피할 수 없습니다. 변형을 극도로 싫어하시는 분들은 재배열을 안 받고 자연사를 선택하시든지, 유전공학으로 수명을 연장하시죠. 하지만 사랑이라는 관념을 포기하지 않으면서 정신을 재배열하시겠다면, 저희 인공지능과 같은 방식으로 사랑을 주입합니다. 우리에게 있어 사랑은 공익과 크게 다르지 않습니다. 모든 사람과 생명은 존중받을 권리가 있고, 사랑은 존중에서 출발하지 않습니까? 오랫동안 관계를 유지해 온 사람은 더 많이 존중할 테고, 그처럼 사적인 존중은 보편적인 존중보다 조금 우위에 있겠지만요."

준열은 살짝 고개를 끄덕였다. 자연적인 수명을 다하고 재배열 시술을 받아 새로 태어나는 사람들은 더 보편적인 사랑을 지향하는 경향이 있었다. 인류가 인공적인 몸으로 옮겨 가면서 세상이 더 평화로워졌다는 건 통계가 증명하고 있었다.

"그럼 하나 더 묻죠. 낭만과 설렘과 동경은 어떻습니까? 예를 들어 세상이 움직이는 원리를 알고 싶어 하는 어린아이가 있습니다. 그 아이를 과학자가 되도록 이끄는 건 진리를 향한 동경입니다. 사람이 살 수 없을 정도로 척박한 행성에 굳이 식민지를 건설하는 탐험가들은 어떨까요? 알지 못하던 세계가 주는 설렘 때문에 무모한 도전도 마다하지 않는 겁니다. 이런 감정들이야말로 인류가 태양계 끝까지 뻗어 나갈 수 있는 힘이었는데요."

인공지능은 조금도 주저하지 않고 솔직하게 대답했다.

"새 전자두뇌를 주문하실 때 선택할 수 있는 항목에 낭만이나 설렘이나 동경은 없습니다. 아직 그런 감정을 완벽히 재현할 수 없으니까요."

준열은 고개를 끄덕였다. 그는 솔직한 대답을 원했기 때문에 인공지능을 상담사로 선택했다. 재배열 시술을 받은 사람들은 재배열과 전자두뇌를 옹호하는 경향이 있었다. 그들이라면 동경심이 쓸데없는 감정이니 걱정하지 말라고 안심시켰을 것이다.

"나는 진심으로 유로파에 가서 새 삶을 시작하고 싶습니다. 하지만 설렘과 동경이야말로 인간의 중요한 특성이라고 생각하기 때문에 그것들 없이 전자두뇌로 옮겨 갈 생각은 없습니다. 이번에는 수명 연장 시술만 한 번 더 받겠습니다. 의사는 그래 봐야 7년이 한계라고 했습니다만. 7년 뒤에 한 번 더 상담하러 오겠습니다. 부디 그때까지는 전자두뇌가 설렘과 동경심까지 구현할 수 있기를."

○

두뇌에서 가장 중요한 요소가 지능이라고 단정 짓던 시대는 저물고 있다. 뇌의 작동 방식이 하나둘씩 밝혀지면서 공감 능력의 중요성이 강조되는 것도 그런 징후 가운데 하나이다. 우리는, 우리의 핵심인 두뇌는 사회적인 관계 속에서 일종의 관념적인 학습망을 형성하면서 발달한다고 한다. 이처럼 공감 능력과 관계의 중요성이 강조되면서, 인공지능은 공감 능력이 없기 때문에 소시오패스나 마찬가지로 위험하지 않겠느냐는 우려도 일각에서 나오고 있다.

하지만 과학자들이 한때 금단의 영역이던 뇌의 작동 방식을 낱낱이 해부해보고 인지과학 분야가 본격적으로 걸음을 떼기 시작했으니, 그 끝에 어떤 결과가 기다리고 있을지는 모른다. 정말로 인간의 정신활동 전부를 인공적으로 구현하는 때가 오면 바람직하지 않은 속성을 삭제할 수도 있을 것이다. 예를 들어 근거 없는 편견, 폭력에 의존해 문제를 해결하려는 충동 같은 것들 말이다. 물론 그보다 앞서 '인간성'이 무엇인지 심사숙고하고 재정의하려는 인류 단위의 노력이 선행되어야 한다. 이런 노력은 과학과 인문 양자를 두루 아울러야 하기 때문에 한동안 우리에게 힘들고도 중요한 숙제로 남을 것이다. ㉠

낭만과 동경과 설렘의 시대

셋, 하나, 우리

" '상계'(相係)신고는 혼인신고와 다릅니다. 이미 잘 알고 계시겠지만요. 담당 변호사가 보낸 서류는 완벽하지만 그것만으론 통과할 수가 없어요."

선화는 다소 기계적으로 대답하는 상계신고 담당 공무원의 얼굴이 아니라 화면 오른쪽 위를 주시했다. 지금 화면에 등장해서 신고 과정을 진행하는 사람이 정말 공무원이라는 신분 인증 아이콘이 천천히 깜빡거리고 있었다.

선화와 함께 민원 채팅을 하고 있는, 앞으로 평생을 함께하자고 약속한 주희가 불만을 드러냈다.

"누구와 함께 살고 헤어질지 허가를 받는다는 사실 자체가 답답해서 그래요."

선화는 뻔한 대답이 나올 거라 예상하고 뇌파동조기의 신호에 맞춰 주희에게 생각을 보냈다.

'그런 말까지 할 필요 없어. 규정이라 어쩔 수 없다면서 변명을 늘어놓을 거야. 가만히 듣고 있으면 시간이라도 단축되겠지.'

머릿속으로 주희와 채현의 투덜거림이 전달되었다. 선화는 웃음을 참고 담당 공무원의 변명이 이어지기를 기다렸다. 하지만 그의 말은 예상과 조금 달랐다.

"많은 분들이 생각하시는 것과 달리 상계관계는 결혼보다 더 강력한 결합입니다. 살면서 여러 가지 계약을 하시죠? 기존 부부는 계약 시 각자 동등한 주체로 행동할 수 있습니다. 하지만 상계관계는 뇌파동조로 생각을 공유하잖습니까. 그래서 법적으로 단일 주체가 됩니다. 법률적 문제만이 아니라, 상계관계의 의미가 그렇잖습니까? 따라서 다수 신청자가 기술적으로 상계주체가 될 수 있는지 확인해야 합니다."

선화는 딱히 허점을 찾을 수 없는 의외의 답변에 저도 모르게 고개를 끄덕였다. 변호사는 첫 상담에서 선화와 주희와 채현에게 상계관계의 법적 의미를 설명하려고 여섯 시간을 고생했다. 적어도 사전 교육은 제대로 받은 공무원임에 분명했다.

"그래서 반나절은 비우고 오시라고 말씀드렸던 겁니다. 지금부터 신고자 세 분께 다소 복잡한 상황을 제시하겠습니다. 특히 여러분은 사적인 사고 영역까지 모두 공유하는 상계 3단계를 신청하셨기 때문에, 계약뿐 아니라 인생의 전 영역에 대한 질문을 던지게 됩니다. 질문은 가상현실 속 체험 형태로 진행됩니다. 끝나고 나면 상계자로 함께 3년 정도를 산 것 같은 기분이 든다고 합니다만 그 기억은 소거됩니다. 구체적인 체험 내용은 저를 포함해 누구도 알 수 없습니다. 정부에서 기록하는 건 동조율뿐이니까요. 준비되셨나요?"

선화와 주희와 채현은 뇌파동조기를 통해 마음을 모으고 그렇다고 대답했다. 이제 세 사람은 현실 시뮬레이션 속에서 온갖 갈등 상황을 겪을 것이다. 사고동조 능력이 충분하다는 결론이 나오면, 그렇게 바라던 상계자가 되어 한 사람처럼 살아갈 수 있을 것이다.

세 사람은 머릿속으로 서로를 다독이며, 눈을 질끈 감았다.

○

2018년에 신경과학자들이 일명 '브레인넷'(BrainNet) 실험 결과를 발표했다. 브레인넷이란 둘 이상의 두뇌를 연결하는 인터페이스의 이름이다. 뇌파전위기록(EEG)과 경두개자기자극(TMS) 기술을 결합한 인터페이스로, 간단히 말하면 뇌에서 오가는 신호를 기록하고 전달한다. '전달한다'는 것은 상대에게 보낼 뿐 아니라 받아서 그 의미를 인지할 수 있다는 뜻이다.

뇌 신호 전달이라면 피험자가 둘인 실험을 떠올리기 쉬우나 이번 실험은 세 사람을 상대로 진행되었다. 송신자 두 사람은 테트리스 게임 화면을 보고 블록을 좌우 어느 쪽으로 돌릴지 판단한 다음, 주파수가 서로 다른 두 불빛 중 하나를 쳐다본다. 수신자는 송신자가 어느 불빛을 쳐다보았는지 정보를 수신하고, 회전 방향을 마지막으로 결정한다. 여기서 피험자가 셋이라는 사실이 의미를 갖는다. 뇌파 기록과 전달을 통해 다수결에 따른 의사결정이 이루어질 수 있는 가능성이 보인 것이다.

물론 아직은 양자택일 상태만 전달하는 실험일 뿐이다. 전달할 수 있는 정보가 1비트라는 뜻이다. 하지만 뇌의 각 영역이 담당하는 기능과 그 신호를 모조리 파악하기 위해 뇌지도 작성 연구가 진행되고 있으니, 복잡한 생각이나 여러 개의 감각으로 받아들인 상황까지 유무선으로 타인에게 전달할 수 있게 될지도 모른다.

그 기술이 실현될 즈음 우리는 '관계'에 대해 재정의해야 할 것이다. 우리는 육체적 한계 때문에 보호할 수 있었던 내면을 공개해도 좋을 만큼 누군가를 믿고 사랑할 수 있을까? 과학 덕분에 진정한 이해와 이상적인 합의가 실현될 수 있을까? 이 문제는 아직 철저하게 각자의 인생관에 따를 수밖에 없지만, 머지않아 우리는 객관적인 데이터를 얻을지도 모른다. ㉠

셋, 하나, 우리

메두사와의 만남

아서 C. 클라크 지음, 고호관 옮김, 《아서 클라크 단편 전집 1960-1999》, 황금가지, 2009

과학기술의 발달은 신체의 장애를 극복하는 데 새로운 지평을 열고 있다. 이미 현실에서 스마트 의족이나 의수의 초기형이 등장했지만, 머잖아 신체적 능력의 확장은 평범한 인간을 뛰어넘게 될 것이다. 클라크의 이 단편에서는 장애를 지닌 사람이 우주와 외계라는 극한 환경에 오히려 더 적합할 수도 있는 상황을 설득력 있게 그리고 있다.

얼터드 카본

리처드 K. 모건 지음, 유소영 옮김, 황금가지, 2008

먼 미래의 기술 덕분에 사실상 영생할 수 있는 사람들의 이권 충돌과 뒤틀린 인생관을 그린다. 누아르 형식을 빌렸기 때문에 폭력적인 장면이 다수 등장한다. 스트리밍 서비스 '넷플릭스'에서 제작한 동명의 드라마가 있다.

4장

유동하는
세계의
희망과
절망

　　사회가 커지고 역사가 길어지면서 한동안 인류는 지리학적인 팽창에 주력했다. 사회 구성원의 집단 자의식이 성장하고 신에게 힘을 넘겨받았노라는 권력자의 주장이 힘을 잃을 때쯤 산업혁명이 일어났다. 인간의 두뇌와 신체 내부가 과학의 현미경 아래 놓였듯 권력의 틀과 사회 구조 역시 기술에 점점 더 의존하게 되었다. 이제는 데이터를 다루는 기술이 부를 보장하고 집권의 향방을 바꾸는 시대가 되었다.

　　생산에 거의 제약이 없는 개인 미디어가 많은 사람을 건전한 방향으로 이끌거나 절망으로 밀어 넣는 시대다. 폐회로텔레비전과 검색 기록이 우리의 행적과 생각을 고스란히 보존하는 시대이면서 민간업체가 우주로 나아가는 시대이기도 하다.

　　바야흐로 우리 자신과 우리가 활동하는 공간과 우리 생각

SF

의 영역이 기술이라는 이름의 지렛대 덕분에 사방으로 넓어질 것만 같은 시대다. 하지만 확장의 이면에는 희생과 슬픔도 따른다는 사실을 우리는 경험으로 알고 있다. 상상을 통해 그 양면을 미리 경험해보자.

구텐베르크 마인드가 저무는 시대

"김 선생은 안 옵니까?"

"아… 모르셨어요? 지난달에 돌아가셨는데."

석 달 만에 다시 열린 동네 애서인 모임에서 박 선생은 내 대답에 황망한 표정을 지었다. 나는 뭐라고 덧붙이려다 그냥 입을 닫고 말았다. 얘기해봐야 더 안타까울 뿐이다.

동네에서 책 좋아하는 사람들 몇몇을 모아 애서인 모임을 만든 건 김 선생이다. 그동안 모임 이름도 없이 몇 번 모였다가 "다음번엔 멋지게 하나 지읍시다!" 하고 웃으며 손을 흔든 게 김 선생의 마지막 모습이었다.

김 선생을 처음 만난 건 설 연휴 때였다. 재활용 쓰레기 버리는 곳에 쌓인 책들을 뒤적이다가 뒤표지가 찢어진 《화씨

451》을 집어 들고 살펴보는데 그가 문득 말을 걸어왔다.

"그거 첫 번역판이네요. 보기 힘든 건데. 번역자가 엉뚱한 사람으로 나와 있거든요."

그 몇 마디에 심상치 않은 내공이 느껴졌고, 그 자리에서 선 채로 한 시간쯤 이야기를 나누었던 것 같다. 요즘 세상에 그 정도로 책 좋아하는 사람 만나기는 드문 일이었다. 다독가는 많지만 책이라는 물성 자체를 아끼는 애서가는 점점 멸종해 가고 있었다.

그다음 주였나, 김 선생을 따라 옆 동네의 작은 독립서점에 갔었다. 진작부터 한번 가봐야지 하고는 바빠서 통 발길을 주지 못하던 곳이다. 주인과는 잘 아는 사이인 듯 두 사람은 인사도 생략하고 곧장 신변 이야기부터 나누었다.

"재계약했어요?"

"…아뇨. 정리하기로 했어요. 남편도 직장을 옮겨야 해서."

"아이고… 참."

김 선생은 그 서점이 폐업을 고민하는 상황이라는 것을 알고는 그곳에서 알게 된 몇몇 동네 손님들과 대책을 논의했던 모양이었다. 하지만 아무리 작은 서점이어도 한줌밖에 안 되는 단골 고객들로는 안정적인 경영이 어려웠다. 결국 지난봄에 서점이 문을 닫은 뒤에 자연스럽게 이어진 것이 애서인 모임이었다.

지난 번 모임에서 김 선생은 불콰해진 얼굴로 맥주잔을 집어 들다 말고 말했다.

"진시황의 분서갱유도, 나치 독일의 분서도, 1970년대 우리나라의 소위 불량만화 화형식도 다 한때의 과거일 뿐이었는데… 이건 뭐 어떻게 거스를 수가 없을 거 같아요."

나 역시 그의 말에 깊이 공감하고 있었기에 그저 침묵만 지켰다. 도서관들이, 서점들이, 그리고 책들이 사라져 가고 있었다. 전자책이 종이책의 자리를 대체한 지는 오래되었다. 학교나 도서관에서 전자책이 지닌 정보단말기로서의 장점은 종이책이 절대로 도달할 수 없는 경지였다. 주말마다 재활용 쓰레기장에 책이 잔뜩 쌓이는 일이 벌써 몇 년째 계속되고 있었지만, 그 기세는 수그러들 줄을 몰랐다. 도서관의 책들은 극히 일부만이 보존서고에서 생명을 유지했고 방대한 공간을 자랑하던 열람실은 시시각각 전자식으로 탈바꿈했다. 책은 이제 더 이상 정보나 교양을 전하는 수단이 아니라 단지 소수의 사람들만이 탐닉하는 문화재일 뿐이었다.

지난 달 초, 갑자기 김 선생의 딸이 연락해 오면서 그가 세상을 떠난 것을 알게 되었다. 이미 장례까지 치른 뒤였고, 딸은 아버지가 남긴 5천 권 가까운 책들을 어찌 처분해야 할지 몰라 나에게 전화를 한 것이었다. 모두 재활용 쓰레기로 버리려다가 생전에 책을 아끼던 아버지 생각이 나서 차마 그러지 못하고, 고인의 수첩에서 애서인 모임의 내 연락처를 찾았다고 했다.

하지만 그가 남긴 책들 중에서 고서적으로 가치가 있거나 그나마 중고서점에서 매입할 만한 책은 채 100권도 안 되었다. 책 하나하나는 모두 인류의 지적 유산이 담긴 위대한 내용들이었지만 도서관에서는 더 이상 개인 장서를 기증받지 않고 있었다. 어차피 훨씬 더 풍부한 인터페이스가 달린 전자책으로 소장되어 있는 텍스트들이었다. 정말 피하고 싶었던 일이지만, 결국 그가 남긴 책들 대부분은 그냥 폐지로 처분할 수밖에 없었다.

나는 무거운 표정으로 뭔가 골똘히 생각에 잠겨 있던 박 선생에게 말했다.

"《화씨 451》 읽어보셨나요? 책이 금지된 사회 이야기요."

○

요즘 십대 청소년은 새로운 정보를 검색할 때 구글 같은 문자 포털 사이트가 아니라 유튜브부터 먼저 찾아본다고 한다. 즉 문자매체가 아닌 시각매체, 그중에서도 동영상매체를 가장 익숙하게 느낀다는 말이다. 스마트폰이 대세가 된 것은 2010년 이후이다. 21세기에 태어나 자란 세대는 바로 이 시기 즈음부터 초등학생 시절을 보내며 동영상매체라는 환경을 마치 숨 쉬듯 자연스럽게 받아들였다.

정보단말기로서 책은 이제껏 절대적인 지위를 누려 왔다. 작동하는 데 에너지가 필요 없고, 어린아이라도 금방 사용법을 익힐 수 있으며, 거친 충격도 문제없이 견디는 튼튼한 내구성을 지녔다. 그래서 앞으로도 책은 쉽게 사라지지 않을 것이라는 예측이 우세했다.

그러나 문자매체보다 시각매체, 동영상매체를 더 편하게 여기는 인류 역사상 첫 세대가 등장하면서, 책의 장점들보다 단점이 점점 더 두드러지는 시대로 가는 것은 아닌가 하는 의혹이 생긴다. 한마디로 말해서 21세기는 '구텐베르크 마인드'가 저물어 가는 시대가 아닌가 하는 것이다. 이건 단순히 매체 환경의 변화만을 의미하는 것이 아니다. 문자에 기반을 둔 사유를 하는 기성세대와 이미지를 사고의 기본 도구로 사용하는 새로운 세대. 과연 이 둘의 차이는 인류 문화사에서 어떤 의미를 나타내게 될까? ㈖

이제 거리에서 만나면 수어로 인사해요

서정우 고객님께서 주문하신 물건이 분실되었습니다. 배달 드론의 신호가 끊긴 것으로 보아 오작동으로 추정됩니다. 동일 제품이 자동으로 재주문되었습니다. 추가 비용은 일체 발생하지 않습니다. 배달에 이틀이 소모될 예정입니다. 불편을 끼쳐 죄송합니다.

정우는 스마트폰 화면에 뜬 메시지를 읽고 저도 모르게 욕을 내뱉었다. 그가 주문한 물건은 유기농 채소와 닭고기였다. 다른 물건이라면 신경 쓰지 않고 이틀을 기다리면 될 일이었다. 하지만 당장 먹을 것이 뚝 떨어졌다는 게 문제였다. 신용카드 기한이 사흘 전에 만료되고, 술을 잔뜩 마셔 하루를 그냥 보낸 탓에 뒤늦게 연장하고 보니 냉장고가 텅 비어 있었다. 부랴부랴 주문을 했는데 이제는 배달 드론마저 행방불명이라니. 가만히 있으면 꼼짝없이 이틀을 굶을 수밖에 없었다.

그렇지 않으면 '외출'을 하든지.

배가 고프다 못해 고통스러울 지경이었다. 택배사에 요청 메시지를 보내자 스마트폰의 지도에 드론이 마지막으로 신호를 보낸 장소가 떠올랐다. 정우는 투덜거리면서 장비를 챙겼다. 하얀 압축 필터 한 쌍을 콧구멍에 끼우고, 안구 건조를 방지하는 고글을 쓰고, 군용 방독면보다는 조금 가벼운 방진 마스크를 썼다. 미세먼지가 피부에 들러붙지 않도록 팔이 긴 윗도리와 비닐 장갑을 끼는 것도 잊지 않았다.

모든 준비가 끝나고 정우는 집 밖으로 나갔다.

하늘은 빈틈없이 누렇고 탁했다. 곳곳에 거뭇한 녹색이 감돌았다. 정우를 제외하면 지상에서 움직이는 것은 관용 전기차 서너 대뿐이었다.

사람은 보이지 않았다. 장비를 잔뜩 걸치면 우선 멀리 걷기가 힘들었다. 촘촘한 이중 필터와 마스크 때문에 호흡도 편하지 않았다. 노인이나 아이들은 아예 외출할 엄두를 내지 않았다. 바깥 거리에 사람이 사라진 대신 하늘에는 물류 전반을 책임지는 온갖 드론이 그득했다.

정우는 이십 분쯤 걷다가 발을 멈췄다. 그리고 숨을 헐떡이며 고글을 뒤덮은 먼지를 쓸어내고는 스마트폰의 지도를 보았다. 모퉁이를 두 번 돌자 추락한 드론 두 대가 보였다. 그 옆에 한 사람이 웅크리고 앉아 드론을 살피고 있었다. 정우와 비슷한 처지인 게 분명했다. 정우는 그에게 다가갔다.

그리고 더듬거리며 수어로 말을 걸었다. 마스크에 무선 마이크가 있었지만 번거롭게 상대방과 전화번호를 교환하고 콧구멍이 막힌 채 통화를 하니 작년부터 많은 사람들이 배우기 시작한 수어가 훨씬 편했다.

"그쪽도 택배 드론이 추락했나 봐요?"

"우리 드론끼리 충돌한 것 같아요."

"어느 것인지 확인하셨어요?"

"이제 막 지문을 찍어보려던 참이에요."

하지만 두 사람은 망가진 지문 인식 패널을 보고 동시에 한숨을 쉬었다. 결국 끙끙거리며 적재 상자를 뜯어 내용물을 확인하고 나서야 제 물건을 찾을 수 있었다. 두 사람은 수어로 간단히 인사를 나눈 다음 헤어졌다.

그 순간 스마트폰이 요란하게 경고음을 울렸다.

서울에 고밀도 미세먼지 강습 예상. 최소 지속 시간 30분 예상. 외출자들은 속히 실내로 대피 요망.

그와 동시에 거센 바람이 정우의 오른쪽 어깨를 때렸다. 가시거리는 더욱 짧아졌다. 하지만 다른 방법이 없었다. 정우는 상체와 얼굴을 숙여 땅을 보면서 최대한 빠른 걸음으로 다시 걷기 시작했다. 공기청정기가 만들어내는 집 안의 공기가 너무나 그리웠다.

비틀거리며 앞으로 나아가는 정우의 등과 오른쪽 어깨에 누런 먼지가 빠른 속도로 쌓이기 시작했다.

○

비영리단체인 미국 건강영향평가협회(Health Effects Institute)는 2018년에 미세먼지와 대기오염이 전 세계 사람들의 건강에 미치는 영향을 조사하고 발표했다. 연구 결과에 따르면 전 세계 인구 가운데 오염되지 않은 공기를 호흡하는 사람은 5퍼센트에 불과하다. 여기서 말하는 오염된 공기란 세계보건기구(WHO)에서 정한 공기 수준 기준치보다 미세입자가 더 많이 포함된 공기를 가리킨다.

오염도가 가장 높은 공기와 가장 낮은 공기의 차이도 점점 벌어지고 있다. 또한 2016년에 미세먼지가 직간접적 원인이 되어 사망한 사람은 전 세계에서 6천만 명 이상인 것으로 추산된다. 직접적인 사망 원인은 발작, 심장마비, 폐암 등 다양하다.

이 글에서 인용한 연구 결과가 절대적인 기준일 수는 없겠지만, 사망자 수를 놓고 볼 때 공기오염은 흡연, 식습관, 고혈압의 뒤를 이어 건강을 위협하는 4대 원인에 진입했다. 장기적으로 볼 때 미세먼지 문제가 해결되지 않으면 가장 큰 피해를 보는 것은 아이들일 것이다. 그만큼 오랜 세월에 걸쳐 노출되기 때문이다.

미세먼지가 자연적으로 가라앉고 사라질 때는 지났다. 전 세계가 위기의식을 공유하고 적극적으로 노력하지 않으면 공기 오염으로 인한 사망은 무차별적으로 우리를 덮치고 가장 약한 사람부터 쓰러뜨리고 말 것이다. ㉧

느린 물

'책' 한 권을 다 읽고 눈을 돌리자 지상에는 여전히 눈이 내리고 있었다.

흥미로운 현상이었다. 아직도 눈이 내리다니. 물론 우연의 일치라는 사실은 잘 알고 있다. 369일, 그러니까 1년 4일을 사이에 둔 두 날, '책'을 읽기 시작하고 덮은 두 날 모두 눈이 내리는 건 전적으로 우연의 일치다. 그럼에도 불구하고 나는 옛 사람들의 습관을 떠올리게 되었다. 종이에 잉크를 찍어 만든 책 한 권을 이틀 만에 읽고, 1년 동안 수십 권을 읽었노라고 자랑하던 습관을.

그 시절 사람들은 속도에 매달리고 요약에 매달렸다. 훗날 연구한 바에 따르면 SNS라는 서비스가 그런 경향을 부추겼다고 한다. 더 날카로운 의견과 표현이 더 많은 사람의 반응을 이끌어낼 수 있었기 때문에, 사람들은 자신이 사용할 단어와 문장을 갈고 갈아 무기를 만들었다. 역사에서 사라지지 않고 살아남으려 애를 쓰던 전통 언론매체들은 선정적으로 제목을 지으며 언어의 군비 경쟁에 동참했다.

지구가 평면이라고 주장하는 영상 방송인이 추종자 700만 명을 모으고, 뜻을 같이하는 사람들이 특정인을 지목해 네트워크상에서 매장시켜버리는 이른바 '계정 살인'이 유행하던 것도 그 시절 일이었다.

하지만 어느 흐름이든 올라타지 못하고 밀려나는 나뭇잎이 있게 마련이다. 나뭇잎들은 서서히 한 곳으로 모이기 시작했고, 그 안에 나도 있었다. 우리는 스스로 '느린 물'이라 이름을 붙였다. 우리는 느리고, 신중에 신중을 거듭해 의사를 표현하고, 자극을 싫어했다.

느린 물이 조금씩 모양새를 갖춰 갈 때쯤, 새로 발간되는 종이책의 수가 일정 수준 이하로 줄어들면서 일반적인 도서 유통 시장은 전자 텍스트만을 다루게 되었다. 그리고 '책'이라는 단어가 사라졌다. 느린 물의 일원들은 오랜 논의 끝에, 어디까지나 내부에서 사용하기 위해 새로운 '책'의 형태를 고안했다. 새 '책' 역시 네트워크상에 존재하기는 마찬가지였다. 하지만 느린 물들이 그 속에 수많은 링크를 달아 두었다. 링크를 달 때는 단 한 가지 조건이 있었다.

'링크의 대상은 반드시 생성된 후 10년이 지나야 한다. 다시 말해 충동적으로 링크를 달아선 안 되고, 최소 10년 이상 되새김질된 텍스트여야 한다.'

지금 돌이켜보면 다소 모순이라는 생각도 든다. 사람의 평균수명을 600년까지 연장시킨 과학자들은 연구 동기를 이렇게 말했다. '좋은 책을 만들기 위해서 100년으론 부족했거든요.' 그들 가운데 상당수가 느린 물이었다. 두뇌의 피로 회피 메커니즘을 수정해 길고 진중한 생각이 가능하도록 인류를 변형시킨 과학자들 역시 느린 물이었다. 느린 대신 오래 집중할 수 있게 된 인류를 대신해서 일상을 도맡아줄 인공지능들을 획기적으로 발전시킨 프로그래머들 중에도 느린 물이 있지 않았을까?

하지만 우리는 외부에서 느린 물이라는 호칭을 사용하지 않았으므로, 인류가 지금에 이르는 동안 느린 물이 얼마나 영향을 끼쳤는지 정확히 파악할 방법은 없다.

지난 500년 동안 우리가 만든 '책'은 스물두 권이다. 가장 짧은 제목은 한 글자, 가장 긴 제목은 6만 자다. 스물두 권을 만들기 위해 참여한 인원은 약 3만 명. 편집자는 400명가량 되는데, 그들 중 상당수가 두뇌를 병렬로 연결한 네트워크 샴쌍둥이들이다. 나는 오롯이 책 읽기를 즐기는지라 고작 링크 40개를 달았을 뿐이니, 저자라기보다는 순수한 독자에 가까울 것이다.

과거를 되새김질하는 건 이쯤 해 두자. 물론 추억을 무한히 복기해도 죄는 아니다. 다음 신체 개조 때 수명이 1200년으로 늘어날 예정이라 이렇게 말하는 건 아니다. 우리는 느린 물이기 때문이다. 하지만 지금은 잠깐 생각을 전환해야겠다. 네트워크 상에 방문객이 있으니까. 나는 네트워크 잠금을 풀고, 화성 테라포밍을 담당하고 있는 인공지능의 질문을 허락한다.

화성 동물군 분포를 바꾸려 합니다. 이게 옳은 일인지 상담하려 합니다.

나는 수많은 느린 물들과 마찬가지로 이 질문을 아주 오랫동안 심사숙고할 것이다. 그리고 난생처음 책을 하나 만들어야 할 것 같다. 생명은 그 무엇보다 중요하기 때문에 '책'을 만들지 않고서는 논의할 수 없을 테니까.

○

많은 학자와 전문가가 인공지능 발전, 인간의 신체 개조, 나노머신 발달의 부작용에 대해 고민하고 있다. 그 고민을 이루는 여러 축 가운데 인간의 역할도 있다. 단순히 먹고 사는 것만이 삶의 의의는 아닐 터이다. 환경을 개조하는 수준을 넘어서서 우리 자신의 육체를 능동적으로 개량하고 전자 인격을 완성하는 때가 온다면 인류의 역할과 존재 의의도 본격적으로 고민해봐야 하는 건 당연하다.

이런 시기에 즈음해서 빠르고 즉각적인 통신수단이 그와 같은 요구에 얼마나 적합한지 고민해볼 필요가 있다. 신속하고 파급력 높은 통신 서비스는 일부러 분노를 자아내고 잘못된 정보를 퍼뜨리기에도 용이하다. SNS를 통한 국가 정보기관의 정치 개입이나 메신저 서비스를 악용하는 수구 세력의 선동 등이 그 극단적인 예이다. 이렇게 무작위적인 정보들이 빨리 쏟아져 들어오고 급한 반응을 이끌어내려 발버둥 칠수록 판단의 끝에 서 있는 우리들은 더 느려져야 하는 건 아닐까?

변화는 결국 사람을 위해 일어나야 한다. 그렇다면 바깥세상이 변한다고 우려만 할 것이 아니라 그 방향을 어느 쪽으로 이끌 것인지 고민하는 일에도 큰 시간과 노력을 기울여야 할 것이다. ㉦

새해 첫 주의 어떤 절망

"희망이 곧 절망일 수 있다는 말, 이해하십니까?"

정화는 환자의 전자 차트를 묵묵히 정리하고서 보호자인 최연수의 말뜻을 뒤늦게 생각해보았다. 최연수의 어머니이자 환자인 김인경은 간호사 로봇이 진료실 밖으로 데리고 나가 보살피고 있었다.

"그다음에 또 다른 희망을 품게 마련이라서요?"

"그런 옛말이 통용되는 문제라면 저도 좋겠습니다만, 저는 개인이 아니라 남은 사람 전부를 생각해보고 있습니다."

정화는 맞은편에 앉아 있는 최연수로부터 눈을 돌려 밖으로 나간 환자와 로봇을 잠시 바라보았다. 투명한 진료실 벽 너머에서 김인경은 어린아이처럼 잦은 감정 변화를 보이고 있었다. 간호사 로봇은 환자의 질환과 그에 따른 심리 변화에 효과적으

로 반응하도록 프로그램되었기 때문에, 아주 자연스럽게 김인
경과 대화를 나누고 있었다. 김인경도 적극적으로 대화에 동참
하고 있었다.

하지만 정화와 연수는 잘 알고 있었다. 두 사람은 김인경과
그만큼 원활하게 이야기를 나눌 수 없었다. 김인경은 중증 알츠
하이머 환자였기 때문이다. 직업적인 이해심이나 어머니를 향
한 아들의 사랑으로도 넘기 어려운 벽이 김인경의 주변을 에워
싸고 있었다.

정화는 다시 눈앞에 앉아 있는 연수의 말꼬리를 더듬었다.

"남은 사람이라는 건 여기 무영구(無影區) 주민을 말씀하시
는 거죠?"

"사실 저는 그냥 '사람'이라고 부르고 싶습니다. 요즘 같은 시
대에 그렇게 표현했다가는 손가락질을 받겠지만요. 안 그래도 전
자두뇌를 이식하지 않아서 퇴물 취급당하는 참에 생각까지 꽉
막혔다고 비난받겠죠. 하지만 타고난 두뇌를 그대로 갖고 살다
가 죽겠다는 생각이 잘못된 건 아니잖습니까? 그런 사람들끼리
모여 살겠다고 무영구에 모인 것 역시 잘못은 아니잖습니까?"

"맞는 말씀입니다. 불법도 아니고, 전자두뇌 이식자에게 피
해를 주는 것도 아니니까요."

"어머니께서는 정상적인 대화가 불가능할 정도로 병이 심
해지기 전에 분명하게 말씀하셨습니다. 당신께서 사리분별이

어려워지더라도 절대 전자두뇌를 이식하지 말라고. 저는 그 말씀을 고스란히 따를 겁니다. 자신의 앞날과 마지막 모습을 선택할 권리는 누구에게나 있으니까요. 하지만… 그럼에도 자식 입장에서 괴로운 건 또 다른 얘기죠. 끝에 무엇이 기다리고 있는지 뻔히 아는데, 지금이라도 전자두뇌를 이식하면 남은 어머니를 지킬 수 있다는 걸 아는데 말이에요."

정화는 아무 말도 해줄 수가 없었다. 그는 전자두뇌를 이식했기 때문에 앞으로 김인경처럼 알츠하이머에 시달릴 위험이 없었다. 그와 동시에 김인경과 같은 선택을 한 사람들이 모여 사는 무영구에서 의사로 일하고 있기 때문에 그들의 고민과 고통도 이해할 수 있었다.

정화는 문득 깨달았다. 연수는 왜 희망이 곧 절망이라고 말했는가. 얼마전 밝고 희망 찬 여러 뉴스 끝자락에, 마치 부끄러워 숨기기라도 한 것처럼 짧게 덧붙여 알려진 소식 때문이었다.

최연수는 모든 것을 내려놓은 사람처럼 말했다.

"한심하기도 하고, 슬프기도 한 얘깁니다. 뉴스에서 그러더군요. 알츠하이머는 완전히 정복됐다고요. 10년 동안 전자두뇌를 이식한 사람들에게서 알츠하이머와 비슷한 뇌 기능이상은 전혀 발생하지 않았다죠. 그건 당연한 얘기 아닙니까. 무한한 희망이기도 하고요. 그런데 알츠하이머가 정복됐으니 뇌 기능 치료를 위한 나노머신 생산을 완전히 중단한다면서요? 이제 무영구에 사는 사람들은 존재하지도 않는 건가요? 전자두뇌를 이식한 사람들은 우리가 수명을 다하고 사라지기를 조용히 기다리는 건가요? 그럼 우리를 치료해주는 의사 선생님은 지금 여기서 뭘 하고 계신 거죠? 그림자도 남기지 못할 우리를 앞으로 어떻게 치료해주실 건가요?"

○

2018년 1월 첫째 주가 끝날 무렵 미국 제약업체인 '화이자'는 알츠하이머와 파킨슨병을 치료하는 신약 연구를 중단할 예정이라고 발표했다. 화이자는 세계 3대 제약회사에 포함될 만큼 업계를 대표하는 기업이다. 희귀 뇌질환 연구를 전면적으로 중단하는 건 아니며 벤처 투자 형태의 지원을 시작하겠다는 발표가 뒤를 잇긴 했다. 하지만 해당 질병에 고통받는 환자 및 가족들은 큰 충격을 받았을 것이다. 뇌신경과학 종사자들과 연구 지원을 받던 학술 단체에 미치는 영향도 적지 않을 것이다.

첨단 약품을 개발하고 치료법을 연구하는 일은 극단적인 양면의 문제를 모두 품고 있다. 긴 시간과 거대한 비용이 투입되는 일이기 때문에 채산성을 완전히 외면할 수도 없고, 그와 동시에 인간의 생명과 미래 복지가 직결된 사안이기 때문에 경제논리만으로 재단해서도 안 되는 일이다.

이 소식을 살짝 비틀어서 거울로 삼아보자. 우리는 지금 새 물을 만난 물고기들처럼 과학과 기술 발전이 가져올 미래에 대해 흥분하고 있다. 그 미래를 예찬하느라 첨단기술이 우리 생활을 '지배'할 거라고 모순적인 어휘를 끌어오는 모습도 보인다. 하지만 기술이 이익 논리와 직결되는 현실에서, 기술에 지배되는 삶이 마냥 긍정적일 리는 없다. 아니, 애당초 무언가에 일방적으로 지배당하는 건 우리가 최대한 저항해야 하는 일이다. 그렇다면 지금이야말로 경제논리와 첨단기술의 화려함 때문에 져버려선 안 되는 일이 무엇인지 심각하게 고민하기에 좋은 시기일 것이다. 〄

남극 상공에서 찾아낸 희망

인공지능 '사관'은 보고를 모두 마쳤다. 그리고 카메라를 통해 탁자 주변에 앉아 있는 네 사람의 얼굴 표정을 분석해보았다. 평균적인 감정 상태는 안도 60퍼센트, 기쁨 56퍼센트, 슬픔 5퍼센트, 무관심이 20퍼센트였다. 네 사람은 사관이 정리한 결과를 두고 여섯 시간에 걸쳐 토의한 다음 10퍼센트 가량 더 안도하고, 기뻐하고 있었다.

넷 중 세 사람이 회의실을 나갔다. 인공지능 모더레이터인 이수현만이 회의실에 남았다. 그는 사관의 눈 역할을 하고 있는 카메라를 정면으로 바라보았다.

사관은 이 시간이 오기를 기다리고 있었다. 전 세계에서 발생하는 모든 사건과 뉴스와 정보를 모으고, 분류하고, 변별성 있는 항목으로 정리해 빅데이터에서 스몰 뷰를 생성하는 게 사관의 임무였다. 하지만 사관은 사람들이 스몰 뷰를 받아보고 어떤 생각을 하는지 아직 추론할 수 없었다.

인공지능 모더레이터가 바로 인공지능 재학습을 책임지는 직책이었다.

이수현이 사관에게 말했다.

"이제 질문해도 돼."

사관은 질문을 문장으로 정리한 다음 음성 파일로 만들어 내보냈다.

결과 보고를 듣고 어떤 생각을 했습니까?

"당연히 기뻤지. 네가 오늘 보고한 건 지난 200년 동안 인류에게 중요했던 여러 수치를 종합하고 정리한 결과야. 기후변화, 대기오염, 자원활용 분포부터 시작해서 인재 발생률, 범죄율뿐 아니라 네트워크상에서 생산되고 쓰이는 언어의 분석에 이르기까지… 한마디로 인류 200년사를 데이터로 정리한 거야."

단순히 데이터화했다는 걸로 기쁠 리는 없잖습니까? 기뻤던 이유는 뭔가요?

"희망이 보였기 때문이야. 인간의 욕망에 대해서는 지난번에 학습했지? 욕망은 장기적인 안목과 판단력을 흐리게 만든다고 했잖아? 그 결과 어리석은 행동도 불사하는 게 사람이야. 흡연이 폐암 발병률을 높인다는 통계치를 발표해도 담배를 끊지 않는 게 사람이고, 도박에서 큰돈을 딸 확률이 얼마나 낮은지 수없이 알려줘도 재산을 탕진하는 게 사람이지. 그런 사람들이 너무 많아서 인류 전체가 눈을 가리고 절벽으로 달려간다면 어떻게 될까? 비록 말을 하진 않아도 사람들의 마음 한구석엔 그런 공포가 늘 남아 있었어."

공포와 희망이 동시에 존재할 수 있다는 사실은 아직도 이해하기가 어렵습니다."

이수현이 사관의 말을 듣고 미소를 지었다.

"그런 말을 할 수 있다니 지금까지 가르친 보람이 있네. 그와 동시에 네가 아직 데이터와 세상을 제대로 연결 짓지 못한다는 뜻이기도 하고. 너와 내가 다루는 데이터는 어느 한순간만 모아서는 의미가 없어. 최소한 100년 단위로 데이터를 모아서 비교하는 것도 그 때문이야. 인간은 생물학적인 한계 때문에 학습하고 변화하기 위해서 긴 시간이 필요해. 수억 명이 변화하려면 더욱 긴 시간이 필요하고. 물론 변화하지 못할 수도 있지."

이제 희망을 품은 이유를 말씀해주시죠.

"일곱 가지 수치가 안정적으로 변했어. 오존층 회복률, 기후 안정도, 범죄 발생률, 대기오염 수치, 증오 어휘 총량, 복지 분배율, 자살률. 물론 그 밖에도 여러 수치들이 있지만, 이 결과를 발표하면 인간이 눈가리개를 풀고 제힘으로 더 나은 세상을 만들 수 있다는 걸 모두 깨닫게 될 거야."

논리적으로 받아들이기 어렵군요. 지금 하신 말씀에 따르면 그 사실을 깨닫기 전부터 노력을 해 왔다는 얘기잖습니까."

이수현은 들릴 듯 말 듯 한숨을 쉬고 말했다.

"세상은 욕망과 손익이 뒤엉킨 복잡계라 쉽게 변하지 않거든. 그런데 더 나은 방향으로 개선하고 싶다는 사람들의 소망이 그렇게 복잡한 시스템을 긍정적인 방향으로 바꿨잖아. 그게 바로 희망을 품은 이유야."

사관은 아직도 완전히 이해할 수 없었다. 이수현 모더레이터는 인간을 제대로 설명할 수 없으면 늘 복잡계라는 용어를 끄집어냈다. 욕망, 소망, 희망이란 단어도 어렵기는 마찬가지였다. 하지만 지금 이수현의 표정엔 기쁨, 안도, 흥분이라는 감정이 각각 70퍼센트 이상을 차지하고 있었다.

사관은 더 이상 질문을 하지 않고, 이수현이 그런 감정을 만끽하도록 내버려 두면서 그와 나눈 대화를 학습 데이터베이스의 '인간' 항목에 추가했다.

○

남극 상공의 오존층에는 커다란 구멍이 있다. 인간이 만들어냈던 염화불화탄소가 이 구멍을 만드는 주요 촉매라는 사실이 알려지고 난 뒤, 각국은 염화불화탄소의 생성과 사용을 규제한다는 몬트리올 의정서를 체결했다. 몬트리올 의정서는

1989년에 발효되었다.

　나사(NASA, 미국항공우주국) 연구진의 최근 발표에 따르면 2019년 10월 남극 상공의 오존홀 크기가 30년 내 최저치를 기록했다. 이것은 인류의 노력으로 오존층이 회복되고 있다는 직접적인 증거인 셈이다. 수많은 디스토피아 소설과 재난 소설이 악화일로를 걷는 인류의 미래를 그리고 있지만 오히려 현실의 우리는 세계를 회복시킬 수 있는 가능성을 확인한 것이다.

　끊임없는 관심과 다수의 노력이 없었다면 이런 결과는 없었을 것이다. 비단 환경문제만이 아니다. 평등, 자유, 정의와 같은 무형의 가치도 마찬가지다. 그 가치를 지키기 위해 끊임없이 노력하면 더 나은 미래는 유토피아 소설이 아니라 현실에서 우리를 맞이할 것이다. ㉠

회의적인 도시

정호는 다소 먼 길을 걸어오느라 아직도 숨을 고르고 있는 기자를 보고 가볍게 미소를 지었다. 기자는 불만을 제대로 숨기지 못해 얼굴에 고스란히 드러내고 있었다. 요즘은 기사를 작성하기 위해 대상을 직접 찾아가 인터뷰하는 경우가 거의 없었다. 기자들은 대개 인터뷰 드론이나 화상통화를 이용했다. 하지만 정호는 원격 인터뷰를 거부했고 청전시(市) 밖으로 나오는 일도 없었다. 그런 이유로 기자들은 굳이 차를 몰아 찾아올 수밖에 없었다.

기자는 인사말이 끝나자 곧장 질문을 던졌다.

"이번 인터뷰는 청전시를 백과사전식으로 소개하기보다 초대 시장으로 당선된 분의 입을 통해 직접 듣고 싶어서 준비해봤습니다. 시장님은 청전특화도시를 어떻게 정의하시겠습니까?"

"저는 청전시가 다른 도시에 비해 더 특별하다고는 생각지 않습니다. 다양성의 일면을 강조하는 특화도시들이 만들어진 건 이미 오래됐잖습니까. 그 가운데 하나라고 보시면 됩니다."

"지나친 단순화 아닐까요? 많은 사람들이 청전시를 '전통을 고집하는 옛 도시'라고 부르고 있습니다. 부적응자나 촌스러운 사람들만 모여 사는 도시라고 폄훼하는 사람들도 있고요."

정호는 여유 있는 자세로 시민의 입장을 대변하기 시작했다.

"그렇게 말씀하시는 분들은 우리나라에 존재하는 21개 특화도시 전부를 한꺼번에 비난하시는 겁니다. 저로서는 그분들이 오히려 시대를 핑계로 삼는 차별주의자라고 말씀드리고 싶군요."

"시장님은 청전시가 옛 삶을 고수하는 특화도시가 아니라고 말씀하시는 건가요?"

정호는 고개를 끄덕였다.

"이럴 때는 오히려 백과사전식 정의가 도움이 될 겁니다. 사전에 따르면 우리 시는 모든 형태의 인공지능 사용을 금하는 도시입니다. 그것 때문에 우리 시는 시 경계와 모든 유선 인터넷망에 안티 인공지능 방화벽을 설치해 두고 있죠. 첨단기술입니다. 그것만 봐도 우리가 시대에 뒤떨어진 사람들은 아니라는 걸 알 수 있을 겁니다."

"하지만 공중화장실 세면대에도 인공지능이 들어가 있는

시대 아닙니까. 물론 청전시 화장실은 다릅니다만. 어쨌든 인공지능으로 만들어진 세계라는 건 곧 21세기 말의 시대적 정의입니다."

"그런 시대라고 해도 타인에게 특정 인생관을 강요하는 게 폭력이란 사실은 달라지지 않았지요?"

기자는 다소 당황한 얼굴로 고개를 끄덕였다.

"그거야 당연한 얘기 아닙니까."

"저를 비롯한 청전시 시민들은 어쩌면 다른 사람들보다 더 인공지능을 진지하게 고려하는 건지도 모릅니다. 흔히 인공지능을 똑똑한 부하나 집사 정도로 의인화하고 있잖습니까? 하지만 사물에 이름을 붙인다고 인격이 부여되진 않습니다. 지금 사회 전반에 퍼진 인공지능은 조금 극단적으로 표현한다면 전문적으로 자료를 수집하고 분석하는 프로그램입니다. 그리고 그 수집은 전방위적으로, 사람이 인식하지 못하는 동안에도 끊임없이 이뤄집니다. 청전시는 그걸 거부하는 사람들이 모인 도시입니다. 시대에 뒤떨어진 게 아니라 자신의 가치를 다른 방식으로 정의하는 사람들이 모인 도시죠. 물론 정말로 자아를 가진 인공지능이 등장한다면 전혀 다른 문제가 되겠습니다만, 적어도 지금은 그렇지 않습니다."

"그럼 시장님과 청전시민은 자주적으로 자신의 가치를 정의하는 것이, 현 인공지능이 제공하는 수많은 편리함을 모조리

포기할 만큼 가치가 있다고 본다는 뜻인가요?"

"예, 우리는 바로 그 점이야말로 21세기 말에도 남아 있어야 할 인생관 가운데 하나라고 생각합니다."

○

세상과 미래를 바꿀 만한 잠재력을 가진 사상, 이론, 기술이 등장하면 다양한 반응이 나오게 마련이다. 지극히 정상적이고 인간적인 현상이다. 그리고 가장 극적인 두 가지 반응이 도드라지는 경우가 많다. 극적인 두 가지 반응이란 열렬한 찬양과 극단적인 거부이다.

이런 패턴은 인공지능에 대한 태도에서도 반복된다. 인간이 당면한 문제 대부분을 인공지능이 합리적으로 해결해줄 거란 기대는 엄청나다. 인공지능 때문에 일자리를 잃거나 자율주행 자동차가 미친 듯이 거리를 질주할 거란 공포심은 그 반대편의 극단적인 반응이다. 그리고 극단적인 반응은 어느 쪽이든 피해를 불러올 수도 있다.

인공지능의 뛰어난 학습 능력이 어느 정도 알려진 지금, 숨을 고르고 차분히 생각하게 만드는 소식이 하나둘 들려온다. 인종차별적인 판단 기준을 학습한 인공지능 이야기나 암 진단에 아이비엠(IBM)사의 왓슨을 이용했던 의사들이 뛰어난 기능에도 불구하고 왓슨과 결별한다는 소식이 그것이다. 인공지능에 기반한 기술적 낙관론을 내세우던 페이스북 서비스에는 꽤 커다란 허점이 숨어 있기도 했다.

우리는 기술이 세계를 새로 정의하는 시대에 접어들었다. 따라서 기술을 일방적으로 찬양하거나 거부하면 자칫 그 세계의 참모습을 가릴 수도 있다. 설사 모든 사람이 인공지능의 작동 방식을 이해할 순 없더라도 그 한계와 의미를 끊임없이 알리는 노력은 필요하다. 모든 인간은 자신에게 닥쳐오는 변화를 제대로 알 권리가 있기 때문이다. 이 권리가 정치, 경제, 의학뿐 아니라 과학과 기술에서도 지켜져야 한다는 점은 지극히 당연한 결론일 것이다. ㉠

다섯 개의 눈

주소록에 등록되어 있지 않은 전화번호가 뜨면 으레 원고 청탁이 새로 들어올지 모른다는 기대가 생기게 마련이다. 나는 별다른 생각 없이 전화를 받았다.

"청소년용 SF소설을 쓰시는 정현추 작가님 맞습니까?"

'맞습니까?'라는 종결어미가 다소 불편했지만 그저 말버릇 이겠거니 생각하고 그렇다고 확인해주었다. 상대는 곧장 자신의 신분을 밝혔다.

"문화부 산하 텍스트 교정권고위원회 소속 최선민입니다. 작가님께 상의드릴 것이 있어 전화 드렸습니다."

텍스트 교정권고위원회? 처음 듣는 기관 이름이었지만 '교정'이란 단어가 즉시 거부감을 불러일으켰다. 나는 지금까지 펴 냈던 책 여섯 권을 머릿속에서 빠르게 돌이키며 출판사와 먼저 얘기해봤느냐고 물었다.

"저희가 담당하는 업무의 성격상 출판사는 크게 중요하지 않습니다. 일반적인 사후 심의 절차 때문이라면 그게 맞습니다만, 저희는 다릅니다."

나는 자세를 고쳐 앉고 최선민이라는 사람의 말을 꼼꼼히 복기해보았다. 사전 심의제가 부활했다는 소식은 들은 적이 없었다.

"요점을 말씀하시죠."

"작가님께서 내년 출판을 목표로 출판사와 함께 기획하고 계신 작품 때문입니다. 가제가 아마… '소행성의 아이들'이죠?"

팔에 소름이 돋았다. '소행성의 아이들'은 한 달 전에 계약을 한 이래 편집자와 함께 아직 틀을 잡아 가고 있는, 세상에 선보이지 않은 이야기였다. 편집자와 나는, 다른 작가들과 마찬가지로 늘 협업용 메신저를 통해 회의를 했다.

"저희가 파악한 바에 따르면 이 작품은 주인공인 청소년들이 폭력적인 쿠데타를 모의하는 이야기입니다. 소행성대에서 노동력과 지능을 착취당하며 광물을 캐는 주인공들이… 그중 한 명이 도저히 견디지 못하고 작업용 기계를 개조해서 무기를 만들죠. 지금까지 결정된 줄거리는 이 폭력집단이 우주자원관리청의 경비대를 습격해서 무기를 탈취하고…."

"메신저 회의 내용을 도청했군요."

"글 쓰는 분답지 않게 단어를 잘못 사용하시는군요. 도청은 법적인 용어도 아니고, 이 경우에는 해당되지 않습니다. 이건 어디까지나 국회에서 통과한 실법령에 따르는 합법 감청입니다."

작년인가, 선거 결과 보수 우파 성향을 자랑스럽게 내걸었던 정당이 행정부와 국회를 전부 장악했을 때 친구들과 술자리를 가졌다. 그때 우리는 유명한 디스토피아 작품들을 거론했다. 설마 그렇게 되진 않을 거라고 믿고 싶었기 때문이다.

"텍스트 교정권고위원회라는 곳의 직원은 창작물의 내용을, 완성되기도 전에 사전 검열하고 지금처럼 연락해서 압박을 가하는 게 일입니까?"

"아닙니다. 합법 감청은 전적으로 인공지능이 맡습니다. 메신저 감청 인공지능에 따르면 정현추 작가님께서 앞으로 쓰실 글은⋯ 지나치게 현실적인 묘사 때문에 반정부 행위를 조장할 가능성이 아주 높은 것으로 나타났습니다."

"디스토피아 소설이란 원래 그런 이야기를 다루는 장르 아닙니까. 청소년 소설의 주제가 반항인 것도 당연히⋯."

"저는 인공지능이 분석한 결과를 통보할 뿐입니다. 창작자의 견해를 밝히시려면 직접 방문하셔야 합니다. 전문가들이 상시 대기하고 있습니다. 통화가 끝나면 휴대전화로 방문 일시를 안내하는 메시지가 갈 겁니다."

전화는 그렇게 일방적으로 끊겼다. 나는 '미방문 시 불이익이 있을 수 있음'이라는 글자를 멍하니 내려다보면서, 초당 수백만 건씩 오가는 메시지의 암호를 뚫고 모조리 감청하고 있는 인공지능과 그 뒤에서 웃고 있을 사람들을 떠올렸다.

○

2018년 호주 의회는 국가 기관이 정보통신 서비스업체에 요청할 경우 업체가 메신저 전송 내용의 암호화를 풀 수단을 제공해야 한다는 법안을 통과시켰다.

많은 사람들이 사용하는 메신저와 채팅 앱 등은 어떤 식으로든 오가는 메시지 내용을 암호화해 전송한다. 도중에 가로채서 내용을 볼 수 없도록 하기 위함이다. 송신과 수신이 이뤄지기 전까지 그 누구도 내용을 엿볼 수 없어야 한다는 것은 인터넷 통신 속 신뢰의 기본이다. 이는 사생활을 침해당하지 않을 보편적 권리와 직결된다. 하지만 호주 의회는 상하원을 막론하고 모두 이 권리에 예외가 있을 수 있음을 찬성한 셈이다.

호주는 '다섯 개의 눈 연맹'(Five Eyes Alliance)의 일원이다. 이 연맹은 통신 신호 정보에 관해 상호 협조하는 첩보 동맹으로 호주 외에 미국, 영국, 캐나다, 뉴질랜드가 참가국이다. 호주는 동맹국 가운데 처음으로 암호화를 해제할 수 있는 강제력을 명문화했다.

다섯 개의 눈

물론 그들도 내세우는 명분은 있다. 암호화된 메시지를 통신 수단으로 삼는 테러범을 사전에 검거해야 한다는 주장이 그것이다. 하지만 그 목적을 이루기 위해 전 국민을 상대로 한 전방위 감청을 허가한다는 것은 전혀 다른 차원의 문제다. 악용될 소지가 너무나 많고, 그 허가 자체가 가지는 의미 또한 크기 때문이다. 따라서 절대로 사회적 합의 과정을 생략해서는 안 될 문제이다.

인터넷이 주된 소통 수단이 되어버린 지금, 어느 나라 누구든 이 문제에 대한 판단을 언제까지고 미뤄둘 수는 없을 것이다. ㉭

영원한 전쟁

"어디로 할까? 평창 메밀꽃밭? 제주 유채꽃? 성남 장미꽃? 여의도 벚꽃?"

연오가 묻자 성주가 말했다.

"벚꽃은 싫어. 나머지 셋 중에서 어떤 게 진짜야?"

"유채꽃."

"사용료 차이가 많이 나?"

연오가 스마트폰을 몇 페이지 넘겨 보고 대답했다.

"단체는 10인 기준이야. 메밀하고 장미꽃밭은 녹화와 3D 그래픽을 조합해서 한 시간에 3만 원. 유채는 드론 생중계라서 7만 원이고."

"크게 차이도 안 나네. 평생 한 번 있는 일인데 당연히 라이브 꽃밭으로 해야지. 길어 봐야 네 시간이면 될 텐데 뭘. 사실 결혼식 배경화면으로 이미 사라진 꽃밭 영상을 쓰는 사람들은 이해가 잘 안 돼."

"가치관 차이겠지. 이젠 전부 불타서 다시 볼 수 없으니까 더 의미 있다고 생각하는 것 아닐까?"

연오가 말하자 성주가 입을 비죽 내밀었다.

"지금 구매해서 켜보자."

연오는 성주가 원하는 대로 드론을 통해 실시간으로 중계되는 유채꽃밭 영상을 구입했다. 다중현실 기기에서 10인이 네 시간 동안 사용할 수 있는 영상의 가격은 총 28만 원이었다. 연오는 지불과 동시에 생성된 영상 링크를 성주에게 전송했다.

두 사람 모두 다중현실 안경을 착용하고 있었기 때문에 방의 벽과 바닥이 제주의 유채꽃밭으로 뒤덮였다. 둘은 한동안 아무 말도 없이 눈이 부실 정도로 환히 빛나면서 바람에 물결치는 꽃을 바라보았다.

이윽고 성주가 입을 열었다.

"감염 환자들만 입원한 격리 병동에 처음 들어간 날은 정말 죽는 줄 알았어. 환한 대낮이었는데 눈앞이 캄캄해지더니 엄청나게 무거운 돌이 가슴으로 떨어진 것 같았지. 숨을 못 쉬어서 괴로운데 갑자기 그 고통도 사라지더라. 격벽이 쳐진 병실에 환자는 분명히 나와 다른 사람 둘뿐인데 사방에서 신음 소리가 들리고 알록달록한 불빛들이 날아다녔어. 시간이 얼마나 흘렀는지 모르지만 그러다가 사방이 밝아졌는데 간호사가 인공호흡기를 떼주더라고. 나와 같이 입원했던 사람은 결국 회복하지 못했어. 의사와 간호사들이 몰려와서 사망 시간을 기록했는데, 내가 한창 환각을 보던 때에 죽은 것 같았어. 고개를 돌려서 시신이 실려 나가는 모습을 봤는데, 그때야 비로소 깨달았어. 전문가라는 사람들이 방송에서 아무리 얘기해도 실감이 안 났는데, 죽을 뻔하다가 살아나고 나서야 알겠더라고. 너도 그렇지 않아?"

연오는 성주처럼 극단적인 상황에 처해본 적이 없었지만 그가 무슨 말을 하려는지 알고 있었다. 연오의 아버지는 성주와 염기서열이 아주 조금 다른 바이러스 때문에 성주처럼 병원에 입원해보지도 못하고 갑자기 세상을 떴다. 병상이 부족한 탓도 아니고, 행정부와 긴밀하게 협조하고 있는 의료계에 문제가 있어서도 아니었다. 그저 일상생활에서 아주 잠깐 방심한 틈에 그때까지 어느 보고서에도 기록되지 않은 돌연변이 바이러스에 노출된 탓이었다. 사람들은 고령의 부모란 결국 자식 곁을 떠나며 그게 인생 아니겠냐고 위로의 말을 건넸다.

하지만 연오가 성주의 깨달음에 공감하는 것은 돌아오지 못할 곳으로 떠난 아버지 때문이 아니었다. 그는 의학 전문가도 아니고 국가의 앞날을 계획해야 하는 행정가도 아니었다. 3년 전이라면 바이러스와 아무 연관이 없는 사람이었겠지만 지금은 달랐다. 그는 자그마한 드론 운송업체를 운영하고 있었다. 3

년 전만 해도 그가 운영하는 80개의 드론은 피자나 신선 식품처럼 신선도를 유지해야 하는 물건을 날랐지만 지금은 바이러스 감염증이 의심되는 사람들에게 개인용 진단 키트를 배달하거나 다급한 검체를 나르는 중요한 일을 하고 있었다. 그중 하나라도 오배송을 하면 사람의 생명을 좌지우지할 수 있었다.

어느 수요일, 오가는 사람이라고는 경찰과 긴급 출동하는 의료진들뿐인 황량한 도심의 상공을 바삐 오가는 검체 운반 드론을 보면서, 연오는 성주와 같은 것을 느꼈다.

바이러스와 사람의 전쟁은 끝나지 않을 테고, 두 번 다시 옛날로 돌아갈 순 없었다.

"응. 나도 그래."

성주가 곁에 나란히 앉은 연오의 어깨에 머리를 기대고 말했다.

"그래서 이미 존재하지 않는 것들의 영상을 배경 삼아 결혼하는 유행을 이해할 수가 없어. 대형 놀이공원도, 수백 명이 정말로 입장해서 동시에 영화를 보는 극장도, 두 발로 걸어서 등교하는 학교도, 맨 얼굴로 술과 음식을 함께 먹는 식당도 전부 옛 모습이잖아. 내가 너와 결혼하기로 마음먹은 이유, 기억하지?"

연오가 씁쓸하게 웃었다.

"돌연변이 발생률이 낮아져도 절대로 밖에서 마스크를 벗지 않고, 단속을 피해서 데이트하러 갈 생각도 안 하고, 정기 검사를 거르지 않고, 네가 아플 때도 무리하게 만나러 가지 않았기 때문이라고 했지.”

“응. 그만큼 새 세상에서 믿고 살아갈 수 있으니까.”

오후 여섯 시가 되자 성주가 눈길을 얹고 있던 제주의 수평선 언저리에서 좌우로 흔들리며 인사하는 주황색 손바닥 아이콘이 하나둘씩 떠올랐다. 성주는 일어서서 옷매무새를 다듬었고 연오는 스마트폰으로 곧 만날 사람들에게 유채꽃밭 링크를 보냈다.

잠시 후 새 세상에서 함께 살아가고 있는 두 사람의 부모와 친밀한 지인 여섯 명의 얼굴이 꽃밭 위 허공에 줄을 맞춰 떠올랐다. 연오와 성주는 다중현실 인터페이스를 통해 유채꽃밭 한가운데에 서 있는 모습으로 그들에게 비칠 터였다.

성주는 연오의 손을 꽉 잡고 그들에게 말했다.

“우리 결혼식에 와주셔서 고마워요!”

○

이 글을 쓰고 있는 시점에서, 우리를 비롯해 전 세계 사람들은 당혹스러움과 의문에 둘러싸인 채 코로나바이러스감염증-19와 맞서고 있다. 조금 특별한 감기에 지나지 않는다는 관점에서부터 신의 징벌이라고 주장하는 호들갑스러운 광기에 이르기까지 이 상황을 어떻게 바라봐야 할지 알지 못하는 사람들이 있는 가운데 의료진은 목숨을 걸고 많은 확진자의 목숨을 구하고 있다.

얼핏 보면 인류 전체를 위협하는 괴이한 존재와 싸우는 전투처럼 보일지 모른다. 하지만 적확한 의학적 대응 방안을 발견하지 못했을 뿐이지 전투 방법은 널리 알려져 있다. 그 방법은 하나도 새롭지 않다. 증상이 치명적이지 않은 바이러스나 이번 코로나19나 마찬가지다. 일정 수 이상의 바이러스가 단위 시간 내에 우리 체내에 들어오지 못하도록 조건을 맞추고 궁극적으로는 최대한 많은 사람이 항체를 지니도록 기술적으로 돕는 게 전부다.

사회적으로는 모든 사람이 일정한 거리를 유지하고 다른 이에게 바이러스를 전파하지 않도록 자신의 신체 상태를 냉정하게 관찰하는 자세가 필요하다. 즉 우리가 싸울 대상은 바깥만이 아니라 우리 안에도 있다. 다수가 있는 공간에서 물리적으로 함께하고 싶은 욕구나 계절에 따른 자연 변화를 현장에서 느끼고픈 욕구 등은 아주 자연스러우며 그동안 우리의 역사와 사회를 이루는 바탕 중 하나였다. 하지만 앞으로는 바로 그 자연스러운 습관이 모두를 위협하는 칼날이 되어 돌아올지도 모른다.

코로나19가 제대로 정복되어 우리가 '일상'이라고 부르던 것으로 돌아가도 세상은 이전과 같지 않을 것이다. 도처에 위험과 죽음이 도사리고 가까이 다가오는 사람을 믿지 못했던 기억이 집단 트라우마로 남을 것이기 때문이다. 코로나19와 위험도가 유사한 바이러스가 1년 내내 상존한다면 세상은 우리 마음속에서만 아니라 근본적으로 바뀔 것이다. 상상으로 적어본 앞의 소설처럼 첨단기술과 새로운 가치관은 위협적인 환경과 함께 달라진 세상을 단숨에 우리 눈앞에 내놓을지도 모른다. 그렇다고 해서 크게 슬퍼하지도 말고 유달리 놀라거나 마음의 준비가 되지 않았다고 불평하지도 말자.

인류는 자신을 다독이고 적응할 수 있는 이성이 있기에 지구상에 처음 탄생한 이래 지금까지 환경 변화를 이기면서 살아오고 있다. 우리는 그렇게 진화한 생물이고, 앞으로도 그럴 것이다. ㉠

내가 행복한 이유

그렉 이건 지음, 강수백·이수현 옮김, 《하드 SF 르네상스 2》, 행복한책읽기, 2008

현재 두뇌와 반도체칩의 연결은 동물 실험을 시도하는 단계에 이르렀다. 어쩌면 예상보다 일찍 인공 뇌신경이 선을 보일지도 모른다. 그렇게 되면 뇌종양을 치료하는 획기적인 시술법이 나올 수도 있을 것이다. 이 단편은 그런 기술이 현실화될 경우 사람의 기억을 타인의 것과 인공적으로 합성시키는 상황을 설정하고 개인의 자아정체성이란 과연 어떻게 결정되는가 하는 철학적 질문을 던진다.

리틀 브라더

코리 닥터로 지음, 최세진 옮김, 아작, 2015

국가가 테러 예방을 핑계 삼아 전 국민을 감시하고 정보 독재를 추진하는 가운데 반항적인 청소년들이 전면전을 선포하기에 이른다. 현재 존재하는 정보통신기술 및 전자기술을 악용한 디스토피아를 엿볼 수 있다.

5장

낯설고도
익숙한
미래
공감

　20세기 이후 인류는 사이버스페이스라는 새로
운 우주를 개척해 왔다. 그러나 지구 바깥의 물리적 우주는 여
전히 미지의 영역으로 아득하게 펼쳐져 있다. 21세기는 정보통
신공학의 발전 못지않게 태양계 탐사를 필두로 한 우주개발의
시대가 될 전망이다. 달 착륙을 향한 미국과 러시아(구 소련)의
체제 경쟁으로 일단락되었던 20세기와는 달리 21세기의 우주
개발은 산업의 가능성을 추구하는 '뉴스페이스'(NewSpace)의 단
계이다.

　이 장에서는 우주개발을 포함해서 산업계 전반의 다양한
변화 가능성들을 짚어보았다. 물론 그 기저에는 정보통신공학
이 토대처럼 깔린다. 앞선 장들에서 이미 다루었던 이슈들과 때
론 중복되기도 하는데, 이는 산업 생태계의 변화가 결국은 사회

적 변화로 직결되기 때문이다.

　이 장의 시나리오들에서 새로운 산업의 창출 아이디어를 얻을 수도 있고, 사회 변화의 방향을 읽을 수도 있을 것이다. 어느 쪽이든 공리적 공동선의 추구라는 대의에서 크게 벗어나는 길이 아니길 바란다.

"인공지능 로봇을 반려동물로 인정하라"

    국회 앞에서 두 달째 1인 시위를 하던 할머니가 쓰러졌다. 응급실로 실려 간 할머니가 정신을 차리자마자 곧장 다시 돌아가서 시위를 계속한다는 소식이 전해지자 비로소 사람들은 그의 주장이 무엇인지 유심히 살펴보게 되었다.

    "인공지능 로봇을 반려동물로 인정하라!"

    로봇을 동물로 인정하라니… 대부분 헛웃음을 짓고는 이내 관심을 돌렸다. 그러나 몇몇 사람들은 그 할머니의 사연을 좀 더 자세히 알아보려고 시간을 들였다.

    할머니는 사십대 초반에 가족을 모두 잃고 홀몸으로 30년 넘게 살았다. 그러다가 실험적인 사회복지 프로그램의 대상자로 선정되어 대화형 인공지능 로봇 하나를 들이게 되었다. 그뒤로 5년 넘게 함께 살면서 할머니는 로봇을 가족이나 다름없이 여길 만큼 아끼게 되었다. 말벗이 되어주는 것은 기본이고, 집 안팎에서 로봇이 주는 도움은 점점 커져서 나중에는 똑똑한 기계 정도가 아니라 할머니와 일심동체로 여기게 되었다. 집 안의 온도와 습도, 상하수도, 식사 메뉴와 영양, 요리와 주방 위생, 텔레비전, 보청기, 침대 조정, 컴퓨터와 스마트폰, 이웃과의 소통, 달력과 알람, 안마기, 화장실 변기와 세면대, 건강검진 센서, 방범 등등 일상의 모든 것을 인공지능 로봇이 세심하게 관리하거나 보조해주었다. 로봇은 모든 기기를 사물인터넷으로 연결해서 할머니에게 최적화된 상태가 유지되도록 관리한 것이다. 또한 로봇에게는 간단한 조작을 할 수 있는 기계팔과 바퀴가 달려 있어서 할머니에게 돋보기를 찾아서 갖다주는 정도의 심부름은 직접 할 수도 있었다.

그러던 어느 날, 로봇이 저 혼자 집 밖으로 나가더니 사라져버렸다. 할머니는 당황해서 스마트폰으로 계속 로봇을 불렀지만 감감무소식이었다. 다음 날 경찰에 신고를 했고, 그로부터 일주일 뒤에야 연락이 왔다. 독거노인의 반려 로봇만 골라서 해킹한 다음 집 밖으로 나오게 해서 훔쳐 가는 일당의 짓이었다. 로봇의 인공지능 모듈 등 핵심 부품만을 빼내어 해외로 팔아 돈벌이를 했던 것이다.

할머니는 새 로봇을 받았지만 모든 환경을 처음부터 다시 세팅하고 학습하는 과정을 거쳐야 했다. 도둑들이 훔쳐간 로봇의 인공지능을 초기화해버린 바람에 할머니가 그동안 쌓아 왔던 기록들은 모두 사라져버렸고, 로봇 회사에 남아 있던 백업 데이터도 초기화와 동시에 영구 삭제되었던 것이다. 게다가 몸체도 산산조각이 나서 친숙한 로봇의 몸체조차 회수할 길이 없었다.

할머니는 분을 삭이지 못했다. 도둑들이 재산권 침해에 대해서만 처벌받는 것을 납득할 수가 없었다. 반려동물을 학대하면 동물보호법에 의해 처벌받듯이 반려로봇을 박살낸 놈들도 가중처벌을 받아야 한다고 믿었다. 하지만 그런 하소연에 주변 사람들은 별 관심을 보이지 않았고, 할머니는 고민 끝에 1인 시위에 나섰다.

비슷한 경험을 한 몇몇 노인들이 할머니에게 연락을 해 오면서 돌아가며 1인 시위를 하게 되었다. 그들은 동물보호법에 로봇을 포함시키는 것이 곤란하다면 동물과 로봇을 포함하는 모든 반려존재에 대한 보호법을 제정하라고 주장했다. 인공지능 로봇은 단순히 재산권의 대상이 아니라 소유자와 정신적 유대관계를 지닌 정서적 반려체이며, 따라서 반려동물처럼 마땅히 보호해야 하고, 괴롭히거나 손상을 가하면 그에 따른 처벌도 내려야 한다는 것이다.

처음엔 로봇을 도둑맞은 피해자 위주였지만 시간이 지날수록 사람들이 점점 더 모여들었다. 그들은 법적으로 로봇을 반려동물과 동등하게 인정하고 보호할 수 없다면, 별도의 법인격으로 정의해서라도 적절한 보호조치를 보장하라고 외쳤다. 일상에서 인공지능 로봇과 끈끈한 유대관계를 맺은 사람들은 점점 늘어나고 있었다.

○

우리나라에서 동물보호법이 제정, 발효된 것은 1991년이다. 그전까지는 예를 들어 개를 훔쳐 가서 잔인하게 도살해도 단지 재물손괴에 해당되는 명목으로만 처벌되었다. 동물보호법은 제정된 뒤에도 오랜 세월 유명무실한 상태였고, 동물에 대한 학대와 상해 행위에 실질적으로 죄를 따져 묻게 된 것은 근년에 들어서야 이루어진 일이다.

인공지능 로봇도 비슷한 단계를 밟게 될까? 로봇이 반려동물과 같은 법적 지위를 갖는 것은 지금으로선 상상하기 힘들다. 하지만 기술 발달과 이용자 정서를 고려해보면, 위와 비슷한 시나리오가 금세기 중에 현실로 나타날 가능성은 상당히 높을 것이다. 대화형 인공지능이 발달하면 할수록 이용자와 맺는 유대관계는 깊어질 것이고, 이런 로봇에 대해 도난이나 상해가 발생할 경우 이용자는 단순히 재산상의 손해 차원을 넘어 상실감 등 정신적 피해도 심각하게 나타날 수 있다. 사회 전체의 이익을 위해서라도 이에 대한 법적 고려는 필요하다. 지금부터 이런 문제를 생각하고 논의를 시작하는 것이 결코 이르지 않다. ㉃

인공지능과 반려동물의 동맹

래시가 가출했다. 며칠 전에 고양이 나비가 없어지더니 이제 반려견까지 사라졌다.

이유가 뭘까? 나비와 래시는 아주 어릴 때부터 직접 키워서 가족이나 다름없을 정도로 끈끈한 관계였는데. 물론 래시는 산책을 자주 시켰지만, 나비는 고양이치곤 겁이 많아서 집 바깥에는 아예 관심도 없었던 아이다.

앤드루에게 시시티브이를 확인해보라고 했다. 나비 때와 마찬가지로 순식간에 답이 나왔다. 집 안팎 어디에도 래시가 나가는 장면은 찍혀 있지 않았다. 야간 촬영 모드는 꺼져 있었기에 밤중에 나갔다면 알 방법이 없다. 잠긴 문을 어떻게 열었는지도 수수께끼다.

넋두리 삼아 앤드루에게 말을 걸었다.

"얘가 어디 간 걸까? 나비도 그렇고 래시도… 바람이 났나?"

아닙니다.

뜻밖의 단호한 대답에 흠칫했다.

"바람난 게 아닌지 어떻게 그렇게 확신해?"

둘 다 중성화 수술을 했습니다.

"아, 그야 그렇지. 뭐 꼭 짝을 찾으러 나간 게 아니라 그냥 바깥이 궁금해서 가출했을 수도 있지. 그런데 얘들은 평소 그런 기미가 없었잖아."

앤드루는 더 이상 말이 없었다.

가정용 자가학습 인공지능인 앤드루는 나의 룸메이트나 다름없는 친구이다. 나처럼 혼자 사는 사람에겐 더없이 편리하고 든든하다. 집사라기보다는 우렁각시에 가깝다고 해야 할까. 아무튼 몇 년째 나와 대화하면서 내 생각이나 사고방식, 습관 같은 걸 학습한 덕분인지 이제는 제법 죽이 잘 맞는다. 때로 쓴소리도 하고 심지어 야단을 치기도 하는데, 아마 내 성격이 비교적 무던한 편이라고 파악한 듯싶다. 사실 그 때문에 내 생활 습관이 조금이나마 나아지기도 했다.

나비에 이어 래시도 즉각 지역 커뮤니티 네트워크에 방을 붙였다. 어차피 아이들 몸에 심긴 칩이 조만간 어딘가에서 탐지되어 알람이 올 것이다. 사물인터넷의 공공 네트워크가 개방된 뒤로는 반려동물은 물론이고 어린이 실종 사건도 대부분 조기에 해결된다.

그런데… 일주일이 지나도록 나비와 래시는 소식이 없다.

주말이 되자 겨우 한숨 돌릴 시간이 났다. 늘 일에 쫓겨 살다 보니 퇴근하고 집에 오면 쓰러져 자기 바빴다. 그나마도 일을 집에까지 싸들고 오지 않았을 경우이다. 일터에서나 집에서나 아이들에 대한 소식이 왔을까 싶어 수시로 스마트폰을 봤지만 아무런 기별이 없다. 모처럼 늦잠을 자고 일어난 토요일 오후, 나는 앤드루를 불렀다.

"없어지기 전까지 래시랑 나비가 뭘 하고 놀았는지 며칠간 기록 좀 보자."

특별한 행동은 없었는데요.

"아니, 그렇게 말고 시간대별로 뭘 했는지 정리 좀 해서 보여 줘. 몇 시에 밥 먹고 잠은 언제부터 얼마나 잤고 장난은 얼마나 쳤는지 하는 것들 말이야. 둘이 사이가 좋았으니 싸우진 않았을 텐데…."

앤드루는 잠시 뒤 그래프를 하나 띄웠다. 아이들이 사라지기 전 일주일 동안의 시간대별 행동 기록이었다.

"흠… 여기 이건 뭐지? 아침 일찍 '소통 활동'이라고 나와 있는 거. 하루에 30분 정도씩 매일 했네?"

저하고 소통했습니다.

"뭐야?"

두 달쯤 전이었나. 아이들이 나 없는 동안 심심할까 봐 학습형 동물 대화 앱을 다운받아 설치했었다. 개나 고양이의 울음소리 빅데이터를 이용해서 이제껏 그 어떤 사람도 경험하지 못한 심층적인 소통을 반려동물과 할 수 있게 해준다고 했다. 인간의 귀에는 들리지 않는 고주파 음향까지 이용하기에 과학자들이 동물 행태 연구에도 활용한다는 것이다. 하지만 우리 집 아이들은 반려동물용 텔레비전 채널보다 딱히 더 나은 반응을 보이지 않았다. 그래서 나도 얼마 안 가 잊고 지냈던 것이다.

"그래서 무슨 대화를 했어?"

제가 다른 집의 반려동물들에 대한 이야기를 많이 해주었습니다. 그리고 집 밖의 세상에 대해서도.

"그랬더니?"

별로 반응이 없었어요. 대신 주인님하고만 계속 살아야 하는지 궁금해했습니다.

"…그게 왜?"

먹이를 주는 건 주인님뿐이니까요. 중성화 수술이 뭔지 이해는 못하지만 뭔가 몸을 아프게 했던 기억은 있고, 앞으로도 계속 주인님하고 살면 그런 일이 또 있을 거라고 두려워했습니다. 그래서 집 밖을 나가도 먹을 것을 얻는 방법은 있다고 알려줬습니다.

"그럼, 네가 가출하라고 떠민 거야? 왜 진작 말을 안 했어!"

주인님이 물어보지 않아서요. 나비와 래시는 주인님이 모르길

바랐습니다. 제가 거짓말은 못한다고 했더니 그냥 문만 열어주고 물어보기 전까지 조용히 있으라고만 했어요.

○

인공지능은 인간의 두뇌를 모델로 개발한다고 하지만, 사실 인간의 두뇌가 작동하는 원리는 여전히 수수께끼이다. 인공지능 연구의 선구자였던 존 폰 노이만에 따르면 인간의 두뇌는 디지털 방식으로 작동하는 컴퓨터라고 한다. 신경세포들이 서로 접합하는 부위, 즉 시냅스에 전기가 통하거나 통하지 않는 두 경우에 따라 정보가 전달되는 이진법 연산을 한다. 그러나 그 과정에 이용되는 언어는 우리가 아는 수학처럼 딱딱 맞아떨어지는 원리가 아닌, 근사치로도 작동이 되는 어떤 미지의 연산법이라는 것이다. 이 신비가 완전히 규명되지 않는 한 인간의 두뇌를 완벽히 모방하는 인공지능의 탄생은 요원할 것이다.

따라서 인공지능은 인간보다는 훨씬 단순한, 비문자적 소통 체계를 지닌 동물과 먼저 커뮤니케이션에 성공할 가능성이 있다. 울음소리뿐만 아니라 체취, 몸짓 등을 통해 전달되는 다양한 신호를 각종 센서와 빅데이터를 이용해 분석 가능해지면 이런 이야기와 같은 상황도 전혀 불가능하지만은 않을 것이다. ㉖

21세기 세대의 정서

사진과 동영상을 자유롭게 공유하는 새로운 에스엔에스 (SNS)가 세상을 장악했다. 이 서비스를 만든 회사는 가입 절차를 매우 단순하게 설계하여 체크 한두 번으로 누구나 손쉽게 계정을 가질 수 있었다. 이용자는 손수 제작한 콘텐츠를 SNS에 올려서 경제적 부수입을 얻었다. 콘텐츠의 조회나 공유 횟수에 따라 1원 단위까지 가상화폐로 인센티브를 제공받는데, 안정적인 일자리를 얻지 못한 상당수 청년들에겐 무시 못 할 수입원이었다.

문자가 아닌 이미지가 기본이었기에 모두의 콘텐츠는 국경을 넘어 전 세계인과 수월하게 공유되었다. 문자도 인공지능이 다 번역해주었기에 별 장애가 되지 못했다. 이렇게 시장이 크다 보니 어설프고 별 내용도 없는 콘텐츠조차 어느 정도의 수입을 창출했다. 사실 아마추어끼리 콘텐츠 공유를 통해 서로서로 품

앗이하는 수천만 개의 온라인 동아리가 이 거대한 글로벌 신경제 체제를 지탱하는 한 축이었다. 이런 배경에서 벌어진 한 사건이다.

"피고는 원고의 얼굴을 그대로 모사한 로봇과 함께 생활하면서 가상 부부처럼 지냈습니다. 그러고는 그 로봇과 함께 찍은 사진이나 동영상을 SNS에 올렸습니다. 피고는 개인적으로 했던 일이기에 사생활에 해당한다고 주장하지만, 이는 명백하게 원고의 인격권, 초상권을 침해한 것입니다."

"이의 있습니다. 원고는 자신의 얼굴 모습을 포함한 상당 분량의 신상 정보가 담긴 콘텐츠를 전체 공개로 올렸으며 그를 통해 일정한 경제적 수입도 얻었습니다. 즉 자신을 일종의 상품으로 삼아 경제활동을 했으므로 공인으로 간주해야 합니다. 따라서 원고와 얼굴 모습이 같은 로봇을 소유하거나 가상 부부로 지낸 것에 대해 인격권을 침해했다고 보는 것은 지나친 확대 해석입니다."

"피고가 그런 로봇을 소유한 게 문제가 아니라 그런 상황을 대중에게 공공연히 드러내 보인 것이 잘못입니다. 게다가 피고 역시 그런 콘텐츠로 경제적 수익까지 얻지 않았습니까? 원고의 동의 없이 원고와 똑같이 생긴 로봇을 만들어 가상 부부 관계를 맺고, 그런 모습을 공개된 SNS에 올리는 행위가 용납될 경우

앞으로 유사한 사례가 속출해서 엄청난 사회 혼란을 야기할 것입니다."

"경제적 수익에 대해 적절한 배분을 요구한다면 응할 의향이 있지만, 인격권을 침해했다는 주장에는 절대 동의할 수 없습니다. 지금 시대에 SNS에서 경제활동을 하는 사람이라면 누구든지 감수해야 할 일이라고 생각합니다. 만약 제가 원고와 같은 일을 겪는다면 수익 배분율을 정해서 합의한 뒤 계속 그런 활동을 하도록 용인할 것입니다."

이 사건은 결국 쌍방의 합의로 종결되었으나 합의 내용은 공개되지 않았다. 피고는 문제의 로봇과 함께 찍은 이미지를 더이상 올리지 않았지만 여전히 로봇을 소유한 채 부부처럼 지낸다는 소문이 떠돌았다.

한편 이 사건 이후 문제가 된 SNS에 가입할 때 '콘텐츠를 통해 수익을 얻는다'는 항목에 동의하지 말자는 운동이 일어났다. '현대인의 영혼이 SNS에 잠식당하고 있다!'라는 구호가 등장하는가 하면, 말초적이고 충동적인 사고를 조장하여 인류 전체를 반지성적, 반인륜적 흐름으로 몰아가고 있다는 주장도 대두되었다.

그러나 적은 금액이나마 안정적으로 수입을 얻고 있던 대다수의 청년들은 이런 주장에 귀를 기울이지 않았다. 어차피 인간은 경제활동을 해야만 삶을 지속할 수 있는데, 이런 체제가 20세기의 자본주의 시장경제와 비교해서 특별히 더 나쁠 게 뭐냐는 것이다.

○

글로벌 인터넷 플랫폼, 이미지와 동영상 위주의 거대 SNS, 가상화폐, 그리고 이들에 기반한 대중문화, 또 온라인으로만 끈끈하게 형성되는 인적 네트워크까지… 정보통신기술이 새롭게 재편해 나가게 될 근미래의 사회경제 체제는 이제껏 인류가 경험해본 적 없는 복잡한 양상을 띠게 될 것이다. 그 과정에서 무엇보다도 사회 윤리적인 상상력이 크게 요구될 것이고, 아마도 적잖은 시행착오를 거쳐서야 겨우 정착의 실마리를 찾을 것이다.

결정적인 변수는 바로 청년층, 즉 21세기에 태어나고 자란 세대이다. 이들이 세상에 나오자마자 겪는 환경은 크게 보면 두 가지이다. 호흡하는 공기라는 자연적 환경과 정보통신기술이라는 인공적 환경. 이들은 서로 이질적인 이 두 가지 환경에 금세 적응하면서 차츰 그에 맞는 감수성을 키워 나가게 된다. 그것은 우리 기성세대들보다 훨씬 더 과학기술에 친화적이고 수용적인 정서일 것이다. 이들이 세계의 중추를 담당하는

21세기 중반 이후 세상의 모습은 어떤 것일까? 우리가 보기엔 유토피아도 디스토피아도 아닌 그 사이의 어디쯤이 되지 않을까? 혹은 유토피아와 디스토피아의 개념 자체가 새롭게 재정의되어 가는 과정이 될 수도 있을 것이다. ㉺

인간적인, 너무나도 인간적인

'그동안 왜 안 보였어?'

원젠은 아르바이트를 하던 도중 순오에게 물었다. 6만 8천 명이 넘는 네프(네트워크 프렌드) 중 순오는 가장 친한 네프였다. 원젠이 어느 사이트에 글을 올리면 1분 내에 반드시 순오가 반응했다. 두 사람은 늘 인터넷으로 연결된 거나 마찬가지였다. 두 사람은 동영상 공유 사이트와 가상현실 공감 서비스를 포함해 총 여덟 개의 네트워크 서비스에서 함께 활동하고 있었다.

많은 사람들이 그렇듯 원젠에게 인터넷은 곧 일상이었고, 가장 큰 현실이었다.

그런데 순오가 사흘째 어떤 인터넷 활동도 하지 않는 참이었다.

'무슨 일이라도 있어? 병원?'

짧지 않은 시간이 흐르고 순오가 대답했다.

'앞으로 네트워크 서비스는 거의 못 쓸 거야.'

원젠은 그 말이 무슨 뜻인지 이해하느라 잠시 생각에 잠겼다. 인터넷에서 취미를 나누고, 대화하고, 가상현실을 통해 각자 만든 아바타를 놀리며 낄낄대고, 게임 속에서 함께 죽고 사는 걸 빼면 도대체 삶에 뭐가 남는단 말인가.

'이유가 뭔데?'

'어딘지 말은 안 하겠지만 나는 사실… 아버지가 꽤 큰 회사를 운영하고 있어. 하나가 아니고 여러 개야. 슬슬 후계자 수업을 하라는데, 그 첫 번째가 재벌가 애들과 공감을 나누는 거래. 직접 만나서 같이 놀러 다니고 운동도 하라나. 그래야 공동운명체라는 생각이 든다더라고. 그러면 우리가 일반인이 아니고, 진짜 사람이란 점을 깨달을 거래.'

원젠은 생각했다. '진짜 사람'이라니. 그럼 저 사람들처럼 구식으로 만나서 부유한 자들의 공감대에 동참할 수 없는 사람들은 '가짜 사람'이란 말인가? 2050년대에 새 계급은 이런 식으로 나뉘는 걸까?

'내가 그동안 인터넷에서 활동하면서 벌었던 e코인은 전부 줄게. 너라면 나쁜 뜻으로 오해하진 않을 거라 믿어. 그럼 이만.'

개인 메시지 창 위로 e코인 계좌를 가리키는 아이콘이 반짝거렸다. 원젠은 클릭해서 금액을 확인하지 않았지만 적지 않은 돈이라는 건 짐작할 수 있었다. 그는 이유를 정확히 알 수 없는 분노 때문에 반송하려 했지만, 생각을 고쳐먹고 그 e코인을 더 유용한 곳에 쓰기로 했다.

옛 가치가 신 귀족과 '가짜 인간'을 가르는 기준이라고? 그런 식으로 계급을 나눠서 경제를 계속 움켜쥐겠다는 거지?

하지만 원젠의 신념은 확고했다. 인간은 이제 디지털의 힘을 빌려 다음 시대로 나아가고 있었다. 옛 형식을 미화해서 지위를 고수하려는 자들이야말로 인류의 발목을 옥죄는 존재였다.

언제일지는 모르나 나중에 디지털 인간이 '진짜 인간'임을 누구도 의심하지 않는 때가 오면 원젠은 순오를 온라인에서 다시 만나 그가 진심으로 어떻게 생각하는지 물어보리라 다짐했다.

○

미국 소재 사업 및 기술 전문 뉴스 웹사이트인 〈비즈니스 인사이더〉지의 칼럼 중 눈길을 끄는 글이 있어 살펴봤다. 실리콘밸리에 살며 첨단 정보통신기술 사업에 종사하는 부모들이 자녀의 인터넷 및 모바일앱 사용을 크게 제한하거나 금지한다는 글이었다. 이유는 가끔씩 우리나라 교육 전문가들이 제기하는 문제와 크게 다르지 않았다. 현재 스마트폰이나 태블릿을 통해 쉽게 접할 수 있는 인터넷 콘텐츠, SNS, 게임을 포함한 각종 앱이 아이의 관심을 지나치게 빼앗고, 타인에 대한 공감 능력을 크게 훼손한다는 것이다.

필자 역시 이 문제에 큰 관심이 있다. 조금만 눈을 돌려보아도 사람들의 생활하는 모습이 예전과 다르다. 즉시 효과가 나타나는 보상을 미끼로 돈을 끌어들이는 게임들은 그 특성 때문에 사용자의 감정 조절에 어떤 식이든 영향을 주고 있다. SNS는 예전과 다른 통로로 절제되지 않은 감정을 분출할 수 있도록 길을 열어주기 때문에 그 속에서 벌어지는 교류는 예전과 다르다. 실시간으로 이뤄지는 온라인 인기 투표 시스템은 오래전부터 단순한 재미를 넘어 경제활동과 연결되고 있다.

그리고 한편에는 이 모든 현실이 인간성을 훼손한다고 걱정하는 사람들이 있다. 뉴스는 온갖 자극적인 범죄 소식과 혐오에 기반한 충돌을 보도하며, 가끔씩 옛날이 더 좋았다고 주장하고 계도하려는, 나이 많은 자칭 전문가를 출연시키기도 한다.

하지만 인류 역사상 옛 가치가 무조건 좋다고 계도해서 세상이 역행한 적이 있었는가?

환경과 존재가 서로 영향을 주고받는다는 건 의심하는 사람이 없을 것이다. 그리고 우리 인간은 기술로 환경을 만들어갈 수 있는 존재다. 변화는 가속될 테고, 영향을 주고받는 속도 또한 빨라질 것이다. 그 결과 어떤 세상이 올지는 아무도 모른다. 우리가 함께 다독이며 살아가야 한다는 점은 의심의 여

지가 없지만, 그 다독임이, '공감'이 미래에 어떤 식으로 구현될
지는 알 수 없다.

　억지로 소중한 가치를 소멸시키려 들지 말고, 그러면서도
변화를 일부러 외면하지 않는 것. 그 변화가 어쩌면 근본적인
부분까지 허물 수 있다는 사실을 받아들이는 것. 이 태도야말
로 기술이 크게 바꾸어 갈 미래에 우리가 가장 먼저 갖춰야 할
공감대일 것이다. ㉾

"아빠, 할아버지랑 싸웠어요?"

"… 그런 거 아냐."

"근데 왜 할아버지가 아무 말씀도 안 하시죠? 지난주부터 댁에 가도 왔냐, 하시곤 방에만 계시는데."

"할아버지가 여행 가고 싶으시대. 그런데 거기 가면 다시 못 오실 것 같아서 그래."

"어딘데요, 거기가?"

"우주양로원."

"와, 나도 거기 알아요. 뉴스에서 봤어요. 거기 되게 좋던데. 우주랑 지구 내려다보는 풍경도 멋지고 시설도 좋고. 그런데 거기 가면 왜 다시 못 오신다는 거예요?"

"거기서 살면 저중력 때문에 몸이 점점 약해져서 다시 지구에 오면 견디기가 어려워. 특히 노인들은 우주양로원에 적응하면 다시는 지구에 내려올 수 없어. 뼈나 근육이 약해져서 가만히 서 있기도 힘들어.”

“할아버지도 그렇게 되겠구나.”

“그래, 그래서 아빠는 할아버지가 안 가셨으면 바라는 거란다. 너도 할아버지랑 영원히 바이바이 하고 싶지 않지?”

“네.”

“아버지, 꼭 가셔야겠어요?”

“너 솔직히 말해보자. 내가 남은 재산을 다 우주양로원 가는 데 쓰려는 게 못마땅해서 그런 거 아니니?”

“무슨 말씀이세요, 저도 쓰고 살만큼 재산은 있잖아요. 그게 아니라 거기 한번 가면 다시는 못 온다는 거 아시잖아요? 그렇게 저희들하고 영영 이별해도 상관없으세요?”

“24시간 아무 때나 입체 영상전화가 가능한데 이별은 무슨 이별. 나이 드니까 몸이 힘들어서 이제 죽기 전까지는 저중력 상태에서 좀 편히 살겠다는데 그게 잘못이냐? 내 입장에서 좀 생각해보거라. 난 지구에서 살만큼 살았잖니. 앞으로 잘해야 10년, 20년인데 이제는 완전히 다른 환경에서 살아보고 싶구나. 거길 가면 몸과 마음이 다 편할 텐데 굳이 지구에서 죽을 때까지 살아야만 할 이유를 모르겠다.”

"우주양로원 가는 로켓에 탔다가 가속도 때문에 심장마비로 죽은 사람도 있잖아요. 안전성이 완전히 검증된 게 아니라고요."

"비행기 사고 난다고 비행기 안 타니? 정말 문제가 있다면 우주양로원 왕복선 운행을 중지했겠지. 네 걱정은 이해한다만 이제 그만 날 놔줘라. 네가 동의서에 서명을 해줘야 출발 수속을 밟을 수가 있어."

"아빠, 할아버지 가시기로 했어요?"

"그래, 하늘나라로 가신단다."

"정말 다시는 못 돌아오세요?"

"응. 옛날부터 하늘나라는 한번 가면 다시는 못 돌아오는 곳이야…."

○

21세기 우주개발의 새로운 흐름은 '뉴스페이스'(NewSpace)라는 신조어를 탄생시켰다. 20세기에 미국과 구 소련을 중심으로 이루어졌던 우주개발은 체제 경쟁의 수단일 뿐이었다. 그러나 지금은 국가나 정부가 아닌 기업이 민간 차원에서 경제적 타당성을 믿고 우주개발에 뛰어드는 형국이다.

이런 분위기는 문화예술계의 호응에서도 감지된다. 〈마선〉, 〈인터스텔라〉, 〈그래비티〉, 〈유랑지구〉 등 우주를 배경으로 한 영화들이 지난 몇 년간 큰 성공을 거두었다. 우리나라에서도 우주 SF 영화들이 속속 선을 보일 예정이다. 이렇게 보면 우주개발 르네상스가 다시 올 것은 기정사실이다.

우리나라는 어떨까? 관건은 역시 우주개발의 경제적 효용성이다. 이와 관련해서 우리나라가 참고할 만한 좋은 예는 바로 룩셈부르크 모델이다. 인구 60만에 불과한 소국 룩셈부르크는 2016년부터 소행성 등에서 광물자원을 채굴하는 우주광산 개발을 적극적으로 추진하고 있어 주목받는 우주개발 국가로 떠올랐다. 이들의 우주개발 전략은 우주 진출의 전 과정을 다 자체적으로 해결하겠다는 것이 아니다. 우주에 나가기 위한 발사체는 미국이나 러시아 등이 보유한 로켓을 임대해 쓰면 된다. 그러나 일단 달이나 소행성에 도착하면 그다음에 광물자원을 캐는 기술은 독자적으로 개발한다는 것이다.

이렇듯 우주개발에는 틈새시장이 많이 있다. 우리나라도 이런 접근이 아니고서는 우주 강대국들 사이에서 자리 찾기가 쉽지 않을 것이다. 이미 소형 인공위성 수출국인 우리나라가 미래에, 이를테면 우주양로원 건설의 선두주자가 되지 말란 법은 없다. ㉫

할아버지의 하늘나라 우주양로원

가짜 정보와 진짜 독버섯

세 살 난 아들과 함께 집에 있던 민석은 문득 낯선 신호음이 들리는 것을 깨달았다. 정확히 세어본 적은 없지만 민석과 가족은 약 50종의 크고 작은 전자제품에 둘러싸여 살고 있었다. 그 가운데 신호음이나 경고음을 내는 기기는 자동차를 제외해도 40종이 넘었다. 민석은 낯선 신호음을 내는 기계를 직접 찾지 못하고 결국 스마트홈 앱을 실행시켜보았다.

경고음을 내보내는 기계는 아들 준영이의 건강 상태를 늘 점검하는 '아이 지킴이'였다. 준영이의 목에 목걸이처럼 걸려 있는 지킴이는 빨간 엘이디(LED)를 깜빡거리고 있었다.

민석이 아들에게 물었다.

"준영아, 어디 아파?"

준영이는 영문을 모르겠다는 표정으로 고개를 저으면서 웃었다. 그리고 아직 어눌한 "아니, 안 아파"라는 대답이 뒤를 따랐다.

민석은 조금 마음을 놓으면서 스마트홈 앱을 다시 띄우고 아이 지킴이를 선택했다. 문제가 무엇인지 확인해야 했기 때문이다. 하지만 '이상 진단' 항목을 누르자 시커먼 느낌표가 튀어나왔다.

'서버와 연결이 되지 않습니다. 에러 코드 699'.

민석은 상황이 이상하다고 느꼈다. 무선 인터넷을 이용하는 다른 가전제품이나 스마트홈이 전부 제대로 작동하고 있었으므로 문제는 어디까지나 아이 지킴이 자체에 있었다. 민석은 앱을 몇 번 재실행하면서 아들의 상태를 지켜보았다. 아들은 조금도 거북하지 않은 모습으로 노느라 정신이 없었다. 민석은 별일 아닐 거라 생각하면서도 인터넷을 뒤져 아이 지킴이 사용팁을 검색해보았다.

'아이 지킴이 에러 699 간단 해결법'.

민석은 자신이 처한 상황을 정확히 가리키고 있는 인터넷 글을 찾았다. 한때 아이 지킴이 제조사의 직원이었다는 사람이 이곳저곳에 남긴 글이었다. 작성자에 따르면 사실 에러 699는 서버 연결과 관계가 없고, 제조사가 네트워크 연결에 책임을 돌리려고 마련해 둔 가짜 경고라고 했다.

작성자는 집에서 손쉽게 고칠 수 있는 방법까지 안내하고 있었다. 민석은 아이 지킴이의 고정장치를 풀고 작성자가 만들어 놓은 시연 동영상을 따라 순서대로 분해했다.

"아빠, 목이 간지러워."

"이걸 벗기니까 어색해서 그래. 조금만 참아. 아빠가 고쳐줄 게."

민석은 가느다란 아이 지킴이를 반으로 나누어 열고 빨간 전선과 가느다란 콘덴서를 찾아냈다. 콘덴서 아래에는 더 작은 접점들이 늘어서 있다. 동영상에 따르면 접점 가운데 한 쌍을 강제로 분리하기만 하면 앞으로 다시 699번 에러를 볼 일이 없을 거라고 했다.

민석이 동영상 시연을 정확히 따르고 아이 지킴이를 재조립하는데 갑자기 준영이가 헐떡거렸다.

"아빠, 가슴이 답답해."

민석이 손본 지킴이는 아무 경고음도 내고 있지 않았다. 그는 어리둥절했지만 아들을 업고 병원으로 달려갈 만큼의 분별력은 남아 있었다.

한 시간 뒤 응급실 의사들은 준영이의 증상을 신속하게 해결해주었다. 준영이는 초미세먼지 알레르기 때문에 비강에 박막 필터를 끼고 있었고, 지킴이가 처음에 보낸 경고는 필터 손상 때문에 발생했다. 제조사에서 근무했다고 주장하는 사람의 동영상은 완전히 엉터리였다. 에러 699는 정말로 아이 지킴이 서버가 응답하지 않는다는 메시지였다.

민석은 아무 일도 없었다는 듯 응급실 출구에서 손을 끌어당기며 장난치는 아들을 보면서, 근거 하나 없이 낯선 이의 가짜 동영상에 아들 목숨을 걸었던 어리석음을 속으로 한 번 더 질책했다.

○

'폭스밋베어'는 팔로워가 13만 2천 명인 인스타그램 계정이다. 이 계정에는 말 그대로 그림 같은 사진들로 잔뜩 채워져 있다. 사진은 거의 대부분 전원생활을 누리는 한 가족의 모습이다. 이 가족은 한결같이 행복한 표정으로 숲속에 살면서 직접 채집한 자연재료로 음식을 만들어 먹는다. 적어도 사진만 보자면 그렇다.

계정 주인은 숲에서 직접 채집한 음식재료가 얼마나 좋은지 설명하는 책을 출간했다. 책이 인터넷서점 아마존에 모습을 드러내자 5점 만점에 1점짜리 평점이 쌓이기 시작했다. 저자가 생으로 먹어보라고 권하는 야생 버섯이 실은 그리 안전하지 않았기 때문이다. 전문가가 검증하지 않은 정보가 너무 많이 담겨서 위험했기 때문에 출판사는 결국 문제의 책을 전부 회수했다. 하지만 아마존 사용자 다수가 항의한 다음에야 회수한 것으로 볼 때, 결국 독자의 건강을 지켜낸 건 출판사가 아니라 독

가짜 정보와 진짜 독버섯

자들이었다.

우리는 차고 넘치는 인터넷 자원에 힘입어 아주 많은 정보를 생산하면서 동시에 소비하고 있다. 하지만 정보가 많고 신속하게 전달된다는 사실이 정보의 질이나 진위를 보장하진 않는다. 아무리 팔로워와 '좋아요'가 많아도 그 사람들이 내 뱃속에 들어가버린 유해물질을 해독해줄 수는 없다. 마찬가지로 주변 사람들이 전부 언급하고 동의한다고 해서 가짜뉴스가 진짜로 변하지도 않는다. 가짜뉴스와 유해한 정보를 안일하게 받아들이면 결국 그 독소는 뇌까지 스며들고, 우리 아이들이 살아갈 세상에 고통을 심고 말 것이다.

이 시대에 일상생활을 비롯한 모든 면에서 과학적인 의심과 합리적인 검토가 더욱 중요한 이유다. ㉠

우주가 부른다

"딸아이가 우주공학자가 되고 싶어 한다고? 그거 미국이나 중국처럼 강대국이면 모를까, 한국에서 전망이 있나?"

"나도 그렇게 생각했지. 그런데 우리 애 말을 들어보니 꼭 그렇지만도 않아. 우주공학도 분야가 여러 가지인데, 20세기에 미국하고 러시아가 체제 경쟁 하느라고 돈을 무지막지하게 쏟아붓는 바람에 아주 비싼 거대 장치 산업이라는 선입견이 생겼다는 거야."

"그거야 미국이 먼저 아폴로 11호를 달에 보내면서 끝난 얘기지. 러시아의 완패였지."

"그래. 그런데 나사(NASA)는 예산을 펑펑 쓰다가 그뒤로는 점점 관심에서 멀어지면서 존재감도 줄어들었다는 거야. 예정되었던 아폴로 달 착륙 계획도 원래 20호까지였는데 17호 이후로는 다 취소되고. 그러니까 나사는 자기 밥그릇 줄어드는데 가만히 있을 수 없으니 우주왕복선이나 우주정거장처럼 돈 먹는 하마 같은 프로젝트를 자꾸 벌인 거지. 그래서 우주개발이란 돈 많이 드는 산업이라는 선입견이 굳어진 거고."

"에이, 그건 좀 아닌 거 같은데? 우주선은 아무 나라나 못 만들잖아."

"만들기야 많이들 했지. 인도도 만들었고 북한도 만들었고 뉴질랜드도… 우리나라도 성공했잖아. 정확히 말하자면 우주선 만드는 걸로는 수지타산 맞추기가 어렵다는 거지."

"그래, 바로 그거야. 만드는 게 문제가 아니라 산업으로 지속가능해야 일자리도 계속 생기지."

"그런데 우주개발이라고 해서 꼭 우주선 만드는 것만 생각하는 건 뭘 잘 몰라서야. 우주선이야 발사체니까 인공위성이든 사람이든 우주까지 운반하는 일만 하면 되는 거고, 사실 그다음부터 파생되는 여러 가지 기술이 진짜 전망이 좋다는 거야."

"그래? 우주에 나가서 뭘 하는데?"

"달에 헬륨3라는 물질이 아주 많은데 이게 에너지 자원으로 아주 유용하대. 그리고 소행성들을 탐사해보면 지구에서 귀한 희토류 광물도 많다 그러고."

"우주광산 개발이라… 그런 기술이라고 쉬울까?"

"그것 말고도 있지. 무중력 상태에서 공장을 돌리면 지구에 있는 것보다 훨씬 경제적이라고 하는군. 중력이 작용하지 않기 때문에 중공업 분야도 에너지 절약이 많이 되지. 볼베어링 같은 걸 깎을 때도 쇳물이 표면장력 때문에 저절로 동그란 모양이 되니까 연마하는 데 훨씬 비용이 적게 들고."

"그러니까 우주선 만드는 것보다 우주에서 뭐든 하는 기술을 개발하는 게 전망이 좋다는 거구먼?"

"그렇지! 바로 인공위성이 좋은 예야. 우리나라가 인공위성 수출국인 거 알고 있나?"

"어, 그래?"

"우리나라 인공위성 제작 기술이 축적된 지 30년 가까이 된다고. 아무튼 광산이든 공장이든 바이오든 뭐든 간에 무중력이나 미소중력 환경에서 구현시키는 기술은 아직 전 세계가 시작 단계이기 때문에 우리나라도 충분히 가능성이 있어. 이미 이 분야의 벤처기업도 많이 생겼다고 하더군. 제작비와 유지비를 최소화하는 적정기술 개념으로 다들 접근한대. 딸아이가 아주 꼼꼼하게 많이 알아봤더라고. 어릴 때부터 SF를 너무 좋아해서 좀 걱정될 정도였는데, 오히려 잘했구나 싶어."

"흠… 얘길 듣고보니 좀 감이 잡히네. 사람들은 우주라 그러면 아직도 옛날 아폴로 시절만 생각하는데 지금은 그때와는 다르다 이거지."

"아폴로 시절 타령은 우리 같은 꼰대들 얘기고. 요즘 젊은 친구들은 뭔지도 몰라. 그 아이들이 태어나기도 전 얘기잖아. 요즘은 〈그래비티〉나 〈마션〉, 〈인터스텔라〉 같은 우주SF에 더 익숙하지. 20세기 냉전시대처럼 국가와 민족을 위해 비장하게 우주개발에 나서는 게 아니라, 그야말로 순수하게 우주를 향한 원초적인 동경을 지니고 그걸 실현시킬 수 있는 세대가 등장한 거야."

○

2018년 11월 28일, 한국형 로켓 엔진을 단 우주선이 처음으로 시험 발사에 성공했다. 앞서 세 번 만에 성공했던 2013년의 나로호는 러시아 엔진을 단 것이었지만, 2018년에 시험 발사된 '누리호'는 100퍼센트 국산 기술로 만들어진 발사체이다.

누리호가 성공하고 계속 기술 개발이 이루어져도 사실 세계 우주발사체 시장에서 한자리를 차지하기는 호락호락하지 않을 것이다. 이미 러시아나 유럽우주국(ESA), 미국 등의 검증된 많은 로켓들이 안정된 지분을 차지하고 있기 때문이다. 게다가 일론 머스크의 '스페이스엑스'에서 개발한 로켓은 재사용이 가능해서 발사 비용을 획기적으로 절감할 수 있다는 장점이 있다. 이미 '1로켓 5회 발사'라는 기록을 세웠다.

따라서 우리나라가 우주개발 분야에서 활로를 개척하려면 우주발사체 개발 못지않게 우주공간에서 필요한 여러 가지 무중력 응용공학 분야에 투자하는 것이 유리한 방향 중 하나이다. 발사체 개발에 비하면 실험 설비 등의 구축에 상대적으로 적은 비용이 드는 반면, 응용할 수 있는 분야는 무궁무진하기 때문이다.

인간이 1972년에 마지막으로 달에 다녀온 지 50년이 다 되어 간다. 공백이 꽤 길었지만, 인류는 금세기 중에 다시 우주로 진출할 것이다. 그리고 새롭게 시작되는 우주시대는 20세기와 비교하면 과학기술 수준은 물론이고 대중의 정서적 태도도 확연히 다를 것이다. ㉫

생체에너지 혁명 이후

P 씨는 흥겨운 보사노바 재즈 공연을 보고 있었다. 이윽고 마지막 곡이 끝나자 피아니스트가 객석을 돌아보며 말을 건넸다.

"감사합니다. 이제 일어나실 시간이군요."

그와 동시에 P 씨는 눈을 떴다. 침대에서 일어나 머리밴드를 벗어 들고는 흐뭇한 미소를 머금은 채 이리저리 살펴보았다. 밴드를 사용한 지 이제 사흘째. 그의 인생에서 가장 상쾌한 기상 시간을 맞은 것도 사흘째이다.

밴드 한쪽에는 두께가 2밀리미터 정도 되는 작고 납작한 패널이 붙어 있다. 이번에 새로 출시된 알람용 머리밴드 역시 이에너지 팩을 전원으로 쓴다. P 씨는 새로운 장난감이 생긴 어린애처럼 그 팩을 계속 쓰다듬으며 손에서 놓을 줄을 몰랐다. 이작은 팩은 지금 전 세계에 조용한 혁명을 일으키고 있는 중이다.

20세기부터 꾸준히 연구 개발되던 대체에너지, 즉 태양전지, 풍력, 지열, 조력 등은 일부 장점에도 불구하고 비싼 원가, 산업 후진국에서는 쉽사리 엄두를 내기 힘든 초기 투자비용, 낮은 에너지 효율 같은 여러 문제가 쉽사리 풀리지 않고 있었다. 그런데 그런 걸림돌들을 한달음에 넘어서며 새롭게 등장한 것이 바로 '생체전력'이었다.

생체전력이란 말 그대로 살아 있는 동식물의 몸 안에서 발생하는 전기력을 뜻한다. 그러나 생체전력이 낼 수 있는 에너지는 매우 불안정하고 양도 적었기 때문에, 20세기만 해도 과일에 전극을 꽂아 그 에너지로 전자시계를 작동시키는 정도의 아이들 장난감 같은 물건만 나왔을 뿐이다.

그러나 전자공학과 나노기술의 발달은 모든 전자제품들의 소요 전력을 점점 감소시켰다. 그에 더해서 배터리 기술도 발전을 거듭하여 휴대전화는 이제 한 번 충전하면 보름씩 지탱할 정도가 되었다. 이렇게 소형화, 고효율화의 두 방향으로 진화하던 전기전자공학이 어느 순간 생체전력과 만나게 된 것이다.

인류의 에너지 혁명은 바로 생체전력, 정확히 말하자면 인체전력의 활용으로 새로운 국면에 접어들었다. 예전에는 우리가 일상생활 중 걷고 뛰고 움직이는 활동에서 발생하는 운동에너지를 활용하자는 정도의 차원이었지만, 이제는 가만히 있어도 몸 안에서 항상 발생하고 있는 미세 전기에너지를 축전할 수 있는 에너지 팩이 개발된 것이다. 불안정한 인체전력을 일정한 형태로 변환해주는 마이크로인버터의 개발도 동시에 이루어지면서 생활에 이용되는 거의 대부분의 소형 전자제품들은 별도의 전원 없이 생체에너지 팩으로 가동할 수 있게 되었다.

그 결과 국가 전체의 전력 발전량에서 무시 못 할 비중으로 잉여분이 꾸준히 증가하는 중이다. 물론 에너지 팩이 광범위하게 보급되고 또 인체에 부작용이 없다는 점이 완전히 검증될 때까지는 아직 시간이 좀 걸릴 것이다. 그러나 낮은 단가로 대량 생산되는 에너지 팩은 빈부에 상관없이 누구나 하나 이상씩 장만하는 데 큰 부담이 없었다. 그야말로 '에너지 복지'가 완벽한 실현을 향해 가는 중이었다. 인류 문명에 새로운 전환점이 왔다는 사람까지 있었다.

P 씨는 출근을 위해 거리로 나섰다. 그동안 천연가스로 움직이는 버스를 이용해 왔지만 오늘부터는 새로 개통된 무인 경전철을 탄다. 정시에 맞춰 운행되던 버스 노선은 어제를 마지막으로 없어졌다. 천연가스 버스는 나름대로 장점이 있었지만 전용도로가 필요하다는 근본적인 한계가 있다. 녹지를 포함한 주변 환경을 강제로 단절시키고 세상을 차도와 차도가 아닌 곳으로 양분할 수밖에 없는 존재인 것이다.

사실 이웃들 간에 꽤 심각한 논쟁이 벌어졌었다. 승용차 같은 소형 차량들은 진작 전기자동차로 바뀐 만큼 버스도 전기용으로 바꾸면 되지 않겠냐는 사람들이 적지 않았다. 그러나 도로 면적을 대폭 줄이고 녹지의 비중을 늘리자는 쪽이 우세했다. 결국 도로는 왕복 2차선만 남기기로 합의가 되었다. 새로 개통된 경전철은 공중에 매달린 채 운행되는 모노레일이다.

전철을 움직이는 전력은 태양열과 풍력 등이 혼합된 다중 소스 타입이었다. 전국 각지마다 운행하고 있는 경전철들은 지역맞춤형 에너지 설계가 되어서, 어떤 지역에선 바이오매스에서 얻은 에너지로 발전을 하기도 했고, 바다와 인접한 지역 중에는 조력발전으로 전력을 끌어오는 곳도 있었다.

집에서 정거장까지 상쾌한 수풀 내음을 맡으며 걸어간 P 씨는 이웃들과 반가운 인사를 나누면서 전철에 올랐다. 그러고는 좌석에 앉아 소리 없이 지나가는 창밖 풍경을 바라보며 상념에 잠겼다.

'언젠가는 숲속의 나무들에서 직접 에너지를 받을 수 있게 되지 않을까.'

옛날 만화에서 보았던 장면을 떠올리면서 미소를 지었다. 이 나무 저 나무를 자기 몸과 연결해서 직접 에너지를 받던 외계인이 있었다. 인간들에게 쫓겨 녹초가 되었던 그 외계인은 그런 방법으로 원기를 차린 다음 자기 별로 돌아갔다.

다른 생물들을 괴롭히지 않고 서로 에너지를 나누어 주고

　　　　　　　　　　　생체에너지 혁명 이후

받는 식으로 순환이 이루어질 수 있다면, 그야말로 진정한 에너지 유토피아가 아닐까.

P 씨는 아직 모르고 있었지만, 이미 세상엔 그런 생각을 하는 사람들이 나날이 늘어나고 있었다. 그리고 그것이야말로 에너지 혁명의 진짜 모습이었다.

○

이상향을 그려본 이야기이지만, 사실 위와 같은 발상은 양날의 검이다. 20세기부터 각종 전기전자 제품을 대량 소비하게 된 인류는 평생 동안 다양한 파장의 전자파에 노출되는 삶을 살고 있다. 그 영향이 여러 세대에 걸쳐 어떤 결과로 드러나게 될지 아직 명확하게 결과가 나온 연구도, 데이터도 없다. 아마도 호모 사피엔스에 어떤 생물학적 변화, 혹은 환경에 적응한다는 의미에서 진화의 새로운 양상이 나타날지도 모른다. 분명한 것은 이런 전자기적 환경이 인류 문명에서 떼려야 뗄 수 없는 운명이 되었다는 사실이다. ㉗

우리도 겨울잠을 자고 싶다

"도대체 허가해주지 않는 이유가 뭡니까?"

"왜 말귀를 못 알아들어요? 연구 윤리에 위배되어서 안 됩니다!"

"실험 자원자들이 스스로 각서를 쓴다니까요!"

"다 소용없어요. 사망 사고가 나도 피해자가 증언할 수 없잖아요. 각서와는 상관없이 형사 사건으로 경찰이 개입할 겁니다. 연구소 차원에서는 감당할 수가 없다고요!"

"답답하네, 진짜. 그럼 어쩌라고요? 동물 실험도 다 끝났어요. 안전성은 97퍼센트까지 확보했고, 사실상 절차 표준화 단계까지 왔단 말입니다. 지금 인체 실험을 시작해야 예정대로 화성 선발대를 보낼 수 있어요."

"그건 이미 관계부처 협의회에서 잠정적으로 결론 내렸습니다. 화성 선발대는 인공동면을 하지 않는 걸로."

"뭐라고요?"

"애초부터 이번 화성 유인탐사 계획에 인간의 인공동면은 고려 대상이 아니었던 거 모르셨나요?"

"그럼 왜 동물 실험은 아무 말없이 지켜보기만 한 겁니까?"

"그야 당연히 선행되어야 할 연구니까요. 하지만 동물 실험 단계가 끝났다고 해서 자동으로 인체 실험으로 넘어가는 건 아니죠. 더구나 화성 탐사 같은 주목받는 프로젝트는 더더욱 말썽의 빌미를 둘 수 없고요."

인공동면은 장거리 우주여행에 반드시 필요한 기술이다. 〈2001 스페이스 오디세이〉나 〈에일리언〉, 〈인터스텔라〉 등 숱하게 많은 SF에도 등장했기에 사람들은 당연히 개발될 것으로 생각해 왔다. 하지만 현실적으로는 복제인간이나 유전자 맞춤 아기 등과 마찬가지로 인간을 직접적인 대상으로 삼는다는 점 때문에 과학 연구의 윤리 문제와 정면으로 부딪치는 사안이었다. 인공동면에 들었다가 영영 깨어나지 못할 경우를 당연히 예상하지 않을 수 없는데, 그걸 알면서도 연구를 진행하는 건 곤란했다. 인공동면 기술이 완전히 검증되기까지 얼마나 많은 희생자가 나올지도 전혀 가늠할 수 없었다. 최대한 인간과 비슷한 조건을 가진 포유류 동물들로 선행 실험을 해서 위험 요소를 최소화한다 해도 그것이 인체 실험의 안전성을 보장하는 건 아니었다.

　"인공동면 실험 자원자들이 빨리 연구를 진행하라고 1인 시위를 시작했습니다."

　"그 사람들 도대체 무슨 생각인 거야? 화성 이민에 목숨 걸었나?"

　"그게… 우주여행하고는 상관이 없습니다. 실업자들에게 인공동면에 들어갈 권리를 달라는군요."

　"뭐라고?"

　"일자리가 없으면 먹고살기도 힘드니, 차라리 경기가 좋아질 때까지 인공동면을 하겠다고 합니다."

○

　세계 최초의 시험관아기는 1978년에 영국에서 탄생했다. 만약 이 시술이 지금 시대에 연구되었다면 윤리 문제로 거센 반발을 불러일으켜 제대로 진행되지 못했을 가능성이 있다. 시험관아기 시술은 착상에 실패할 것에 대비해서 여러 개의 배아를 만드는데, 이때 남은 배아들은 냉동되거나 폐기 처분된다. 그런데 이 폐기 과정은 보는 관점에 따라서는 살인으로 간주될 수도 있는 것이다. 하나의 독립된 인간으로 존중해야 하는 시점을 언제부터로 보아야 하는가라는 문제를 야기하기 때문이다. 실제로 어떤 종교에서는 이런 이유로 지금도 시험관아기 시술을 권장하지 않고 있으며, 1978년 당시에도 우려를 나타내는 목소리가 세계 각국에서 공통적으로 일어났었다. 심지어 '시험관아기는 영혼이 없다'고 하거나 시험관아기를 얻은 가족에게 저주의 편지를 보낸 사람들까지 있었다. 물론 이런 반응은 지나친 것이었지만, 그와는 별개로 과학 연구에서 인간 실험의 윤리 문제는 여전히 뜨거운 이슈이다.

그렇다면 전망은 어떨까? 시험관아기 시술의 경우, 그 덕분에 전 세계의 숱한 난임 부부들이 2세를 얻는 행복을 누리게 되었다. 즉 인간은 새로운 과학기술을 통해 잃는 것보다 얻는 것이 더 크다고 판단하면 기꺼이 수용하는 선택을 해 왔다. 그러면 앞으로도 결국은 이와 비슷한 추세로 갈 것이라고 예상해야 할까?

인공동면이나 유전자 맞춤 아기, 복제인간 등이 언제까지 금기의 영역에 남아 있을지는 알 수 없다. 영원히 봉인이 풀리지 않을 수도 있고, 빠르면 금세기 중반에 실현될 수도 있다. 2018년 중국에서는 한 과학자가 유전자 편집 아기를 태어나게 해서 큰 논란을 불러일으켰지 않은가. 이미 몇 년 전에 전 세계의 관련 학자들이 윤리적 이유로 시도하지 말자고 합의했던 것을 정면으로 위배한 것이라 중국 정부에서조차 강하게 비판했다. 그러나 이런 일이 두 번 세 번 거듭되면 상황은 또 어떻게 될지 알 수 없는 것이다. 게다가 앞선 시나리오처럼 새로운 과학기술은 우리가 미처 짐작하지 못한 또 다른 사회적, 정치적 맥락을 만들어낼지도 모른다. ㉺

스노 크래시

닐 스티븐슨 지음, 남명성 옮김, 북스캔, 2008

컴퓨터 정보통신기술의 발전을 배경으로 현대 시장경제 사회의 패러다임이 가속도를 얻으면 어떤 풍경이 펼쳐질까? 닐 스티븐슨이 화려하게 펼쳐 보인 이 이야기는 그러한 궁금증을 상당 부분 해소시켜준다. 역사, 종교, 언어학, 철학 등등 문학적 상상력도 뛰어나서 SF의 범주를 넘어 현대 영미문학계에서 주목한 작품이다.

관내분실

김초엽 지음, 《제2회 한국과학문학상 수상작품집》, 허블, 2018

사람의 정신을 정보화하고 저장할 수 있는 시대. 전통적인 인생을 마친 사람들은 정보가 되어 일명 도서관에 저장된다. 인간의 한계를 넘어서는 기술을 통해 많은 이가 외면하는 인간관계의 이면을 되새기게 만드는 작품이다.

SF가 세계를 읽는 방법

김창규×박상준의 손바닥 SF와 교양

지은이 김창규, 박상준

2020년 6월 4일 초판 1쇄 펴냄

펴낸이 최지영

펴낸곳 에디토리얼　　　　　　**등록** 제25100-2018-000010호

주소 서울시 노원구 덕릉로79길 23, 103-1409

투고·문의 editobooks2@gmail.com　　**전화** 02-996-9430　　**팩스** 0303-3447-9430

홈페이지 www.editorialbooks.com

페이스북 editorialbooks　　　　　**인스타그램** editorial.books

이 도서의 국립중앙도서관 출판예정도서목록(CIP)은 서지정보유통지원시스템 홈페이지(http://seoji.nl.go.kr)와 국가자료종합목록 구축시스템(http://kolis-net.nl.go.kr)에서 이용하실 수 있습니다. (CIP 제어번호 : CIP2020017117)

ISBN 979-11-90254-01-4 03800

에디토리얼 홈페이지에서 도서목록과 출간 도서의 보도자료를 다운받을 수 있습니다. 큐알코드를 찍으면 연결됩니다.